中国科幻基石丛书

看的恐惧

韩松的异想世界

韩松 著

四川科学技术出版社

图书在版编目（CIP）数据

看的恐惧：韩松的异想世界 / 韩松著 . -- 成都：
四川科学技术出版社 , 2025. 6. -- （中国科幻基石丛书
）. -- ISBN 978-7-5727-1809-0

Ⅰ . I247.7

中国国家版本馆 CIP 数据核字第 2025KH0218 号

中国科幻基石丛书

看的恐惧：韩松的异想世界

ZHONGGUO KEHUAN JISHI CONGSHU

KAN DE KONGJU：HANSONG DE YIXIANG SHIJIE

著　　者	韩　松
出 品 人	程佳月
责任编辑	兰　银
特邀编辑	汪　旭
封面绘画	Monkey
封面设计	王莹莹
版面设计	王莹莹
内文制作	刘　勇
责任出版	欧晓春
出版支持	未来事务管理局
出　　版	四川科学技术出版社

　　　　　　成都市锦江区三色路 238 号　邮政编码：610023

　　　　　　官方微博：http://e.weibo.com/sckjcbs

　　　　　　官方微信公众号：sckjcbs

　　　　　　传真：028-86361756

成品尺寸	147mm × 208mm	印　　张	10.375
字　　数	220 千	插　　页	2
印　　刷	成都日报锦观印务科技有限公司		
版　　次	2025 年 6 月第 1 版		
印　　次	2025 年 7 月第 1 次印刷		
定　　价	52.00 元		

ISBN 978-7-5727-1809-0

邮购：成都市锦江区三色路 238 号新华之星 A 座 25 楼　邮政编码：610023

电话：028-86361770

"基石"之上

2002年，为推动中国原创科幻创作的进步，探索和引领国内科幻图书市场的发展，科幻世界创立了"中国科幻基石丛书"。以"基石"为名，正反映了我们对构建中国科幻繁华巨厦的决心和信心，以及笃行不怠、久久为功的耐心和恒心。如今，在一块块基石的支撑下，这座大厦的基座已经稳固地搭建起来。

我们曾经设想过的科幻文化的繁荣景象，正真真切切地在我们眼前逐步实现。科幻创作方面，作品的数量和质量均显著提升，风格更加多样，年轻作者数量激增，形成了持续创作的老中青梯队，为后续稳定输出更多优秀作品奠定了坚实基础。科幻文化方面，科幻在科技创新、文化繁荣和创新教育等方面的独特作用正受到全社会的空前关注，全国约有百所高校建立了科幻社团，各类科幻机构不断涌现，科幻文化活动层出不穷，展示出中国科幻厚积薄发的蓬勃生态。科幻产业方面，《流浪地球》系列电影上映后反响热烈，不但全方位推动了中国科幻影视行业欣欣向荣，更对社会、文化、经济、科技等领域产生了广泛的辐射效应。国际交流方面，《三体》英文版获得世界科幻大奖雨果奖后，越来越多中国科幻作家和作品"走出去"，为全球读者熟知；2023年，成都首次将世界科幻大会引入中国，中国科幻已经成为世界科幻舞台备受关注的重要力量。

中国科幻文学的特质，也随着这一块块基石的铺就逐渐展露出来。与国外科幻文学相比，除了作品本身的不同，中国的科幻创作自晚清时期萌芽以来，便主动担负起了崇尚科学、开启民智的责任；今天科幻文化日渐繁荣，同样承担着助力科技强国和文化强国建设、讲好中国未来故事、具象化人类命运共同体理念等重要使命。可以说，在中国科幻的基石之上，承载着超越文学本身的更多维度。

正是这种认为科幻与民族、国家甚至人类文明发展密切相关的理念，促使我们对所从事的科幻事业始终秉持着一种历史使命感。从保留中国科幻火种，到奠定中国科幻基石，科幻世界这家以推动科幻文化发展繁荣为己任的老牌杂志社，也在不断思考科幻新征程的时代命题。在以科幻出版为核心的多元融合发展战略的指引下，科幻世界的出版物已经囊括实体书刊、电子书和有声书，从国内原创到海外引进，从少儿科幻到前沿科普，从硬核科幻小说到泛幻想图鉴，从二次元漫画到图像小说，以科幻为锚点，科幻世界培养的读者群体涵盖了从儿童、青少年到成人的全年龄段。但在这些图书中，"中国科幻基石丛书"仍是并将继续是图书品类的重中之重。这是因为，中国科幻文学大厦的建筑永无止境，这座大厦里的每一部新作品，都是未来新高峰的基石。

发现基石，打磨基石，构筑基石。科幻世界的出版初心，就在每一块基石里。

对于这些基石的遴选，我们仍然保持一贯的理念：并不限定某一种特定类型或风格，既期待核心科幻，也期盼个性革新。同时，它们也应该具有这样的共同标准：有创新的好故事，有对科技渗透下的现实思考，有对小到个体、大至文明的未来畅想。这些基石会共同组成中国科幻的完整叙事。

前路漫漫，我们信心满满。基石之上，这座巨厦会越建越高，并绽放出辉煌璀璨的科技、人文与哲思之美。

自　序

这本科幻选集是科幻世界为我策划的第二本科幻选集。第一本是在一九九八年出版，叫《宇宙墓碑》，那是我的第一本科幻选集。当时由科幻世界策划、新华出版社出版。如同这本书一样，收录的大都是在《科幻世界》杂志上发表的作品。

从一九九八年到二〇二五年，一共有二十七年过去。这些年，中国科幻和我自己都发生了翻天覆地的变化。在二十世纪八九十年代，中国科幻还是比较困难的。我直到三十三岁，才出版自己的第一本科幻选集；而现在很多二十几岁、十几岁的年轻人，不仅出版了处女作，有的还出版了好几本书，有的作品甚至引起轰动，售出电影版权。这说明中国科幻近三十年来，是在不断走向繁荣。

这得感谢《科幻世界》杂志。中国的科幻作者们几乎都是在科幻世界的平台上成长起来的。科幻世界的编辑们，数十年如一日，克服了常人难以想象的困难，培养了几代科幻作者和科幻迷。直到今天，他们仍在做这样的事，我这本科幻选集的出版，便是证明。我的人生命运得到了科幻世界的彻底塑造。《科幻世界》杂志能坚持下来本身是一大奇迹，有时感到像一个梦。没有它，就没有如今的中国科幻；而没有科幻，今天的中国又是什么样呢？今天的我又是什么样呢？这是连科幻也不敢或无法想象的。

一九九八年那本《宇宙墓碑》，记录的是我从一九八二年开始发表科幻以来，走过的科幻之路。这次收入本书中的篇目，记录了我更长的科幻历程。为让此书能顺利出版，责任编辑反复挑选，多次斟酌，有的作品换了又换。我也把能够再次与科幻世界携手编书，视作一件神圣而珍贵的事情。

这个选集是新时期的中国科幻乃至中国社会的一个小小的缩影或投射。我有幸生活在一个想象力逐渐有力地复苏过来、科技无处不在地浸入生活的时代，这是多么难得，甚至不可思议。有时觉得就像走过重重大山中的一个隙口，看到阳光从隙口外面照射进来，不禁在迷离困乏中战胜恐惧，鼓起继续走下去的勇气。

韩　松

二〇二五年四月十八日

目 录

没有答案的航程

一、生　物

生物从昏迷中醒来，发现自己不再记得以前的事情。

它躺在一个不大的房间里面。房间是半圆形的，周遭是洁白的金属墙。一端有一扇紧闭的门。另一端是窗户，透过它能看见室外群星森然密布。

正对窗户不远，是三张紧挨着的皮制座椅。上面空空的，一尘不染。

生物努力站起来，觉得全身骨架生疼。于是它心中浮起一个意象：曾经，一共是有三个生物，就坐在这些椅子上，一言不发而久久地观看那闪亮的星空。但这个意象，遥远陌生得很，并且转瞬就落花流水一般散失掉了。

生物便向自己发问：这是什么地方？我是谁？发生了什么事？我怎么会来到这里……

它还没把问题问完, 便听见身后发出响动。

它紧张地回头观看, 见那扇闭着的门正缓缓打开, 门边站着一个物类。那后来者看见生物, 脸上有说不清的种种表情。

这时, 生物便听到室中嗡嗡响起一种声音。它惊讶地听出了是"你好"这个音节, 而这竟是门边那家伙发出的。

生物迟疑一下, 感到自己被不由自主所主宰, 便也回应: "你好。"

这声音又使它们吃了一惊。原来都会说话呀。而且这不假思索脱口便出的语言, 竟然是同一种呢。

生物判定它和对面的个体是属于一个门类。因此, 生物推断从它的模样上, 也能反映自己的形象: 五官集中在一个脑袋上, 有一只脖子, 两手两腿, 直立行走, 穿着灰色的连裤服。

生物因此开始重新认识自己。这种形象有些熟悉, 但生物想不起在哪里见过。这使它非常不安。它在心里称后来者为"同类"。

接下来, 生物飞快与同类熟络起来。它这才知道, 原来同类也失去了记忆。自然地, 它们有了同病相怜、同种相亲的感觉, 亦便立即讨论了目前的处境。

显而易见, 这种讨论根本无效。头脑里供参考的背景知识一去不返。

很快它们就累了。生物和同类不安已极, 愣愣看着白色的四壁,任凭星宿从窗外流过……时间逝去了。

同类忽然叫出声:"喂,我们是在一艘宇宙飞船上!"

生物循着这声音,在几条隐蔽的脑沟中畏畏缩缩拾回一点儿似曾相识的东西。宇宙飞船、发射……好像是这么回事。

"我们可能是这艘飞船的乘员。"它便也说,为零星记忆的恢复感到鼓舞。

在这种鼓舞之下,便做了如下假设:它们驾驶这艘飞船,从某个地点出发,去完成一个使命。中途发生的某种不测使它们昏迷。昏迷中它们失去了记忆。飞船现仍在航行途中。

可是出了什么事呢? 它们的智力之流至此再次阻绝。另外一个思虑倒升将出来:飞船上就它们两个吗? 它们不约而同去看那三张座椅。不错,房间内的座椅的确是三张。

生物和同类梦游般移到座椅跟前,然后小心地欠身坐下去。这椅子分明是按照它们这种物类的体形来制作的。可是到处找不到操纵手柄和仪表盘之类的布局。

它们相视一眼,觉出世界的奇怪,便咯咯笑出声,却又忽然止住笑。

它们想到其实并不了解对方,亦不明身处之境。

这时,星光以很佳的角度攒射在生物眼帘中,像无数的鱼儿竞身投入饥饿的池塘,召唤起驾驶的冲动。只是,它和同类都忘记如何操纵这艘飞船了。

它们仔细体会进入骨髓的惊懔和恐惧。

第三张座椅空着。

还有第三者。

二、第三者

生物便说:"喂,得赶快找到第三者。"

同类说:"如果它还能记起一些什么就好。"

生物说:"哪怕它也失了记忆,我们三个在一起互相提醒,也许要好一些。三个臭皮匠,顶个诸葛亮嘛。"

同类说:"这话很有意思。它是什么意思?你想起它来了?"

生物腼腆地笑笑。它也不记得这句话的来历。

同类又说:"可是它看见我们会吃惊吗?"

生物说:"我想它也在找我们呢。"

它们便开始在船舱内寻找第三者。它们知道肯定能找到它。因为有第三张座椅嘛!

这是生物和同类的首度合作。它们的配合竟是相当默契。它们惊喜地看看对方,心想,在出事前,它们一定是一对好搭档(这是一个回忆的线索)。

世界的确不大，很快走遍旮旮旯旯。结果鬼影也没发现一个。这一点是可以打赌的。它们不放心，又寻一遍，结果如前。

可是，为什么要设第三张座椅呢？

四周静无声息。不祥的气氛开始笼罩生物和同类，但它们还没有由衷感到阴森。因为它们沉浸在唯一的收获中。弄清了这大概真的是一艘飞船。

它的结构简单，像一根哑铃（为什么这样的结构就是宇宙飞船呢？）。它们甚至确定它由一个主控制室（生物昏迷的房间）、三个休息室、一个动力室和一个生活室构成。

其中，控制室对于它们来说暂时没用，因为忘记了操纵方法。但使它们惊喜的事还是有的：在生活室里发现了大量食物。用它们知道的那种语言通俗来讲，是"吃的"！

这使它们醒悟，肚腹中越来越强的那种不适之感叫作"饥饿"。消除饥饿，是它们在飞船上需要解决的第一个实际问题。但它很快被似乎更为重大的理论问题踹到一边儿去了。

没有找到有关这次航行的资料。没有找到足以证明生物和同类身份的信息。没有发现它们的任何个人物品。这样就不能回答那几个最关键的问题：

它们是谁？它们从哪里来？它们要到哪里去？它们要干什么？

飞船上没有白昼和黑夜，时间便像盲流。生物和同类心情紧张，只好继续喋喋不休讨论出了什么事：

一、事故。第三者死了。它们则失去了关键性记忆（一些细枝末节的倒还记得，比如"哑铃""门""窗""语言"等概念）。

二、第三者被劫走了，连同所有的资料（飞船遭到过抢劫）。

三、第三者是一个重要人物，指令长之类。

四、第三者正在劫持这艘飞船。

五、没有第三者。第三张座椅是虚设的，比如给候补船员用。

六……

这样讨论下去照例没有结果。更恐惧的是它们似乎来自一个喜欢讨论的种族（又一个可供回忆的线索）。

于是在同类的提议下，又回到现实。

目前有这么一个问题：无论第三者存不存在，飞船总算还在自己手中。尽管不知道来历和去向，它们得控制它。这才有光明的前途呀。恍然大悟。

这样一想，一切似又简单了。它们便动手动脚尝试。但一会儿后发觉并不容易。没有一个按钮，没有一台计算机，没有一个显示器，没有一个文字和图案。

在缺乏提示的背景下，生物和同类连一点儿操纵飞船的常识也记不起来。这已非行动与否的过错。

它们跟着意识到这飞船也忒怪了。整个光溜溜的，很现成的感觉。它整个地包容它们，它们却无法动它一爪。它被做成这种样子，可能是一种先进的型号。设计师是谁呢？

同类说，它更像一个虫子的空壳。这虫子原来生存于无名的外星。它此刻虽然没有展示什么神通，却也漠视乘者的存在。不过，正常的结论似也应有三种：

一、只有第三者知道操纵法。

二、它们加上第三者共同用复合意念能操纵。

三、这艘飞船是自动控制的。

最后，它们不约而同决定相信第三种结论。有了这样的揣想，它们松了一口气。无聊的话题便又一次强迫症似的开了头。

同类相信它们正在执行一项严肃的任务。它说："你难道认为我们原来是那种碌碌无为者吗？我觉得不可能。看看这艘飞船，这次航行。我想我们当初一定经过严格的训练和挑选。这次航行有着伟大的使命。"

"那也不见得。"生物反驳，"没准儿，我们是两个逃犯，两只实验用动物。"

其实它心里也像同类那么想来着。它对眼前这位产生了兴趣。它的生活与同类的生活必定有过巨大的交叉。什么逃犯，也许二位是至爱亲朋呢。但是好友一夜之间便对面不识了。

生物摇摇头, 否认了这是它们原来生活的那个世界的普遍现象。

"那真还没准儿。" 同类却微笑着接过生物的话茬儿, 打断生物的沉思。生物便不知为什么有点儿不高兴。

同类接着说: "但是, 也有可能, 逃犯只有一个, 另一个是上船来捉逃犯的警察。实验动物也只有一个, 另一个是科学家。这种配合也正属于好搭档之列。"

生物只好干笑着拍了拍同类的肩膀, 说: "你讲得太有意思了。幸好我们什么都记不起了。不然中间有一个可就麻烦了, 老兄。"

同类推开它的手: "喂, 你正经一点儿。好好想一想。我现在一点儿都不了解你, 虽然我不明不白要信任你。换几个问题问问, 看你想不想得起来。第一个: 你今年多大了?"

生物艰难地想了想, 老实回答: "不知道。"

"你最喜欢什么颜色?"

"不知道。"

"有什么爱好?"

"不知道。"

"崇拜过谁?"

"想不起来。"

"一生中最难忘的事情是什么?"

"好像没有。"

"你属于什么星座?"

"什么意思?"

"我偶然想起了这个。喏,星座。"

"星座?"

同类摊摊手。

船舱外的星光便沿着它的指缝,密密麻麻溢过来,针扎般刺痛生物的脑海。

久了,它们都感到没话可说。

后来一想到这段情节,生物仍否认它们曾拒绝进行交流和理解。当时,它只是受不了这冷场,说:"你说,会不会有谁在寻找我们?"

同类一惊,道:"倒是有这种可能。如果我们接受派遣,从某个基地出发,必定有谁在跟踪监测。"

在无聊的话题行将结束之际,它们为最后偶然冒出的这个想法激动不已。那派遣它们的人,会不会就是第三者?

它们建议实行轮流值班制度。记忆的丧失使它们不敢轻易对任何东西下注。而且,它们对正在发生什么和将要发生什么毫无把握。

所谓轮流值班,便是让一位休息,另一位在主控制室待着,虽然实际上不能控制什么, 却可以对突发事件进行观测, 发出警报。

值班者更重要的职责, 便是等待万一遇上寻找它们的飞行器或者别的路过的飞行器, 向它求救。虽然不知道用什么办法能使对方获知它们的处境, 但它们觉得, 到时候就应该会有办法的。它们的智慧目前达到的地步便是这样。

三、方　舟

等呀等。可是黑暗的空间好生静谧, 老不见第二艘飞船。生物和同类失望至极, 愤恨至极, 便又去看窗外的星空。

星空亮晶晶的。宇宙大洪水一样, 四面八方泄入荒凉的船舱和寂寞的心胸。于是又有了无话找话。多亏语言——它本身大概也是一种生命形态, 这时它们就这样感激地想。

同类骂道:"狗娘养的, 它们不管我们了。"

生物说:"喂, 看起来我们的世界已经毁灭了, 我们两个是唯一的幸存者。"

同类点点头, "这大概是事故的起因。"又说, "但你说的跟《圣经》中的不一样。听你的意思是说我们乘的是诺亚方舟? 那么鸽子呢? "

《圣经》是什么武器? 诺亚方舟又是何种疫病? 为什么要提到鸽子! 生物听了同类的话, 陷入痛苦的思索。它朦朦胧胧记起一些往事,却不得要领。它也试探着说:"那也应该有性别之分。这种场合,通常是安排一男一女。"

同类就谨慎发问:"什么场合?"

生物便又乱掉方寸。性别是什么呢? 一男一女又该干何事? 一团模糊遥远的云彩,带着毛边儿,在它的神志中纵横切割。心乱与静谧的空间不成对应。语言杀人! 生物慌慌张张去看同类,发现它也在十分尴尬地打量自己。

"这些事情是说不清楚的,除非你真的记得。"末了,生物黯然说。

"一定有什么地方搞错了,但不是我们的过错。"同类说。

渐渐地它们的谈话中老有一个星球的名字出现。但由于没有年代坐标对它进行定义,它们断定这东西大概没有什么价值,便把它抛在了脑后。

另外它们逐渐回忆起自己跟"人"这个概念有关。这是一个沉重得有点儿可怕的概念,它们有这种感觉。

可是就算是"人",也并不能说明它们是谁呀,因此也没有多大用处。于是它们令人遗憾地放弃了这方面的进展。但是……第三者会不会是个女人? 这种新想法使生物精神一振,忘乎所以地兴奋和慌乱起来。

四、威　胁

飞船上没有白昼和黑夜，谁也不知道宇宙中的时间究竟过了多久。轮到生物值班时，群星仍然缄默，像做游戏的小孩绷住脸，看谁先笑谁就输。

生物晕晕乎乎坠入臆想。窗外的星星在不知岁月地旋转。那里的所有生物，也都如它们这样浑浑噩噩地活着、不知生来死往、不知自己是什么东西、不知目的地吗？

一瞬间它隐隐约约闪念到，这正是它在昏迷之前向往过的生活呀。这正是一段如痴如醉之旅呀。但生物马上又确信整个航程是有目的的，只是它暂时忘记罢了。

生物便蔫头蔫脑去看那张座椅，心里泡沫一般泛起没有指向的念头：第三者真的死了吗？还是仍在这艘飞船上？还是在什么地方跟着？如果它出现，它能告诉一些什么？还有，女人的事……

它忽然背脊发凉。

生物转头看去。一双眼睛在门上的小圆洞里盯着自己。

生物凝视这眼睛，一时不知道该做什么好。这是一双布满血丝的眼睛，充盈着怀疑和阴毒。它们和生物的目光接触的片刻，便凝固住了。

生物跃起的刹那，那眼睛从门洞上移开了。生物冲出门。通道空空的，并无人迹。它蹑手蹑脚地回到自己的休息室，发现里面略有凌乱，似乎被搜查过。

它一声不吭地出去。它的腿部肌肉在痉挛。这证明它的确是一个普普通通的生物。

生物费了好大劲才重新挪动脚步。它匆匆去到同类的休息室。同类不在。生物刚要退出，却撞上它进来。同类看见生物在这里，满脸狐疑。

生物告诉同类：第三者确实在船上。

"你看见了吗？"同类冷冷地问。

"我看见了。"生物牙齿打战，为同类的口气感到委屈。

"不会是幻觉？"

"不是幻觉。"生物十分肯定。

"它跟我们一样吗？"

"我没有看清它的脸。但感觉上是跟我们一样的生物。"

同类面部肌群便有些抽紧，像一块游历太久而峥嵘的陨石。它说："你有没有看走眼？这艘飞船上不可能有第三者藏身之地。"

生物说："也许上次搜查时我们忽略了什么角落。它可能在跟我们捉迷藏。而且我的房间好像被人动过了。此刻它在暗处，我们在明处。"

同类低声道:"就像个幽灵?"

生物解释:"它可能以能量态存在。我感觉得到。它现在可能正伏在飞船壁上。它一直在外面跟着飞船。它跟我们不一样,它能在太空中呼吸和行走。"

同类说:"你怎么想呢?"

生物脸有些泛青,说:"它也许就在外面。它要吸我们的血。你有没有听说过黑暗太空中的冤魂?"

同类说:"那都是水手们杜撰的故事。"

生物说:"可是这种情况下你不能不去想!一切是那么不可思议。"

同类说:"什么叫不可思议?第三者它究竟要干什么?"

生物说:"我能感觉到,这儿整个是一个阴谋。我们得找到它,赶快抓住它!"

同类紧咬着嘴唇,想朝前迈出一步,却好像没有力量这么做。"你的分析不能说没有道理,你看见的也可能并非幻觉。"它慢吞吞说,"但另一种可能性也许更符合常情。如果真有第三者,根据第三张座椅的样式和你刚才的描述,它最多是跟我们一样的乘员,那么它又会有什么特别呢?它一样没有了记忆,一样对环境不适应,它要看见我们,也一样的恐惧,以为我们是阴谋者。"

生物摇摇头,"你是说,是它在躲着我们?防范我们?猜测我们? "

同类哈哈一笑，"你说一个生物，在这种环境中，还能做别的什么吗？我觉得没必要去找第三者。找到了它又能怎么样呢？我们需要从三人中选一个指令长吗？我看还是让它要怎样就怎样吧。"

生物说："不需要选谁当头。但多了一个人，我们就可以减少每个人的值班时间，用余下的时间来恢复记忆。"

同类说："可是食物就得按三个人来分配了……"同类忽然缄口，又哈哈一笑。

当生物终于领悟到同类道出了一个重大问题时，场面便有些尴尬。生物一直忘记了第三者也要进行新陈代谢才能活着，可见记忆的丧失是多么危险。

"如果它与我们一样是船员，它是应该有一份的……飞船本是为三个人设计的。刚开始我们不是努力找过它吗？"生物这样说，在内心拼命否定什么又重建什么。它是那么的胆战心惊，以至于不敢去看同类的眼睛。

"那是原先呀。有好多事情我也是这两天才想到。你就当第三者不存在吧。"同类见话说到这个地步，便这么总结。

生物承认它说得有些在理，又感到其中逻辑的混乱，而唯一的断线头又随时间的退潮一寸寸从它手中滑脱。它在线索离手的刹那，又回忆起某些东西，却没有向对方言说。

它们仅仅达成协议认定第三者并不存在，因为它们需要它的不存在。

跟着建立了一项制度。在取食物时，必须两人同时在场，并进行登记。尽管达成协议否认了第三者的存在，仍然在值班制度中加入了一条对食物舱进行保卫的规定。

一个明显的事实是：由于它们的生存，食物确实在一天天减少。但这是一个刚开始没引起注意的特别事项。对于"吃"的忽视是一件重大事情。同类是什么时候留意这个情况的？生物因为怀疑对方的记忆恢复得比自己更快，便第一次对同类产生了戒备之心。

这种戒备有时甚至盖过了对第三者的防范。

生物企图否认这种情绪。它希望到食物刚好用完的那一天，飞船在一个地方降落，有人告诉它们，这一切不过是一个精确设计的玩笑，是一场无伤大雅的试验，是计划中的一部分，包括它们的失忆。

可是，万一要不是这样，会怎么呢？同类是不是也在想这个问题，是生物所不能知道的，但它这几天越来越寡言，是生物担心的。

生物希望与同类一起商量一下。但每次它都无法开口。它不再认为商量能解决问题。实际上，现在，它们已开始对见面时要说些什么字斟句酌起来。先前那种古怪的闲谈成了真正可笑的往事。那个想法不断浮现：它们会怎么样？它们都会灭亡，还是……

其中一人会灭亡?

生物的心让这个念头刺激着,冷冰冰地越跳越凶。跟着,大段时间里它努力使自己接受一个新的想法。同类说没有第三者是对的。

因为它就是第三者。

五、最后的 X 餐

事实是,飞船上一共有三个生物(或三个"人")。事故发生后,同类最先醒来。它发现出了事,便杀害了一名同事——为了独享食物。然后它来加害生物。这时生物碰巧醒来了。

生物是这么想的。生物又想:换了我可能也会这样做。

要不就是:同类在控制飞船。它装成失去了记忆而实际不是。为什么要这样呢?当然是一个阴谋。而生物是它的人质。

因此,这艘飞船的使命,极有可能肮脏卑鄙。

生物要使自己接受这样的想法,就不能没有思想斗争:它是坏人还是好人?它是好人还是坏人?它要不是好人会不会就是坏人?它要不是坏人会不会就是好人?它要是好人我该怎么办?它要是坏人我又该怎么办?

唉,它怎么连以前的什么事都记不得了。

飞船上没有白昼黑夜。时间不知已流失到了何处。这是没有人来管的。生物和同类羞羞答答又一块儿去取食。

轮到由生物登记。它查了一下,原本食物堆得山似的舱里,各种食品已去掉三分之二。就它们两人,消耗量也很惊人。由于有了那种新想法,它看同类的目光不一样了。

它有意只取不足量的食物。然后它注意观察同类的反应。生物看见同类的眼睛时不觉愣了一下。布满血丝,似乎有怀疑和阴毒在其中一闪。

它吓了一跳,但表面上不动声色。然而同类并不待生物捕捉到什么和证实什么,便表现出高兴和理解,拿了自己那份食物,乐滋滋吃去了。

生物也开始吃它的一份。这时它发现量太少了。同类便过来把它盒中的一部分扒拉到生物盒中。这个意料之外的举动使生物的脸孔热了一下。

它也不让对方捕捉到什么,便堆起笑容说:"干脆再到舱里去取一些吧。"

同类用手压住生物的肩膀,不让它动。"我知道你是好意。但是我们必须节省。"它说,"我的确不太饿。你需要,你去取一些吧。"

生物便惭愧有加。它努力不在对方面前表现出来,以使它觉出自己的软弱。但内心的情绪却终于释放于脸面。生物察觉到,自己对同类的歉意中夹杂厌恶。这时它就像一个刻薄的可怜虫被人看穿了心事。但生物发现同类竟能装出若无其事的样子。这尤其使它感到深不可测的恐惧。

这时，同类便静静看着生物的鼻尖说："到了目的地一切会好的。等恢复了记忆，我会发现，你原来一直是我的好搭档呀。"

听了这话，生物忙随口答道："尤其是现在这样子，我们面对同一个问题，克服同一种困难。这将是多么宝贵的记忆啊。我一定要把这航程中的种种事情告诉我们的后代。"

可怜的生物便又反复起来，一儿会觉得同类之外还有第三者。一会儿又觉得同类便是第三者。但它的想法并不能阻止食物的不断减少，并且减少的速度有些不正常。它们加强了守卫，却没有发现小偷。

在没有捕捉到第三者之前，生物便再次疑心同类在值班时偷窃了食物。它开始监视它。生物从主控制室舱门上方的小圆孔观察它的工作。一连几次它发现它甚为老实，它的背影写满忧患。它那么专注地注视一无所有的太空，的确让人感动。

每当这时生物便深知自己错怪了人，但同时它又非常热望它去偷窃食物。飞船上缺少一个罪犯，便不能证明另一个人的合法性。然而终究使它不安的是同类的无动于衷。

它知道生物在监视？而它会不会反过来监视生物或者它早已

开始监视它了呢？生物便这么胡思乱想着，思维不断颠来倒去，心中涌起思乡之情。它回忆起在它原来的世界上，它并不这么贪吃。

六、过　失

飞船上没有白昼黑夜。时间继续大江东去毫不反悔。飞船亦仍坚持它顽固的航程。无尽无头。

生物和同类更为沉默乏味。它们早已不再提第三者，但似乎二位有同一种预感：冥冥中的第三者不久即要露面摊牌。是吉是凶，将真相大白。

但就在紧要关节，不幸的是，同类发现了生物在监视它。这打破了预定的安排。

它刚把头回过来，便与生物透过门洞的目光对个正着——就像那次生物和第三者陷入的局面。同类无法看见生物的整个脸，就如同当时生物与第三者对视。

同类或许以为碰上了第三者，它明显有些慌张和僵硬。

然后，它缓缓从椅上站起，这竟然花了很长时间，而不像生物那样猛然一跃。

同类向生物威严而奇怪地走过来。轮到后者僵硬了。同类身后洪水猛兽般的群星衬托着它可笑的身体。

生物一边搜索解释的词句,一边想还有充足的时间逃跑。然而它却被一股力量固定,在原地无法动弹。

生物知道自己的眼睛这时也一定布满血丝而且充盈着怀疑和阴毒,因为它看见同类越走近便越避开这目光,而且步伐颤抖着缓慢下来。

生物相信到这时同类还没认出它。它要走还来得及。同类走到门前停住,伸出手。生物绝望地以为它要拉门的把手,但那手却忽然停在空中,变成了僵硬的棍子。

它看见同类的额上渗出血汗。仅仅一瞬间,在长途航行中时时刻刻经受神经折磨的这个躯体,便在生物面前全面崩溃,昏倒下去。

这真是出乎生物的意料。它急忙推开门,进去扶起同类,拼命掐它人中。一会儿后它睁开了眼睛。

"你疯了。我死了,你只会死得更快。"同类这么叫着,恐怖的眼白向外溢出,使劲把生物的手拨弄开。它一定以为生物要加害于它。

生物大嚷:"喂,你看看我是谁!"

同类却闭上眼,摇头不看。生物这时犹豫起来。最后它决定把同类弄回休息室。但在出门的瞬间,同类猛地掐住生物的脖子。

"叫你死!叫你死!"它嚷道。

"你干吗不早说,"生物也大声向它吼道,"既然心里一直这么想来着!"

生物很难受。眼珠也凸出来。生物掰不开同类的手。后者拥有相当锋利的指甲。

生物便仰卧在同类身下，用牙乱咬它的衣服，直至咬破肌肉，膝盖则冲它小肚子猛顶下去。

这串熟练的连接使生物意识到它很早以前可能有过类似经历。它全身酥酥的，而且想笑。

同类立时昏了过去。生物便翻了一百八十度，攀上同类的身子。它咬它面皮，也掐它脖子。这回它处理得自然多了。

同类喘出臭气。生物看见它脖子上的青筋像宇宙弦铮铮搏动，不禁畏缩了。

同类便得了空挣扎。生物复加大气力。同类不动了。生物以为它完了。不料同类又开口说话："其实我一直怀疑你就是第三者……"

生物一对眼珠开始淌血。血滴到同类额头上，又流到它的眼角。同类怕冷似的抽弹了一下。生物的小便就在下面汩汩流了出来。

生物证实同类确实不能再构成威胁之后，便去搜索它的房屋，把什么都翻得凌乱。它没有找到足以宣判它死刑的证据。

它这才醒悟并不知道自己杀死的是一个什么生物（或一个什么"人"），就像它不知道自己是谁一样。

生物开始感到小便流尽后的凄凉。一切只是一个意外的失手。生物答应自己一定要好好原谅自己。这时它也没发现同类偷窃的食物藏在什么地方。

生物做完这些，全身困倦，横躺在那三张椅子上。这时它好像听见有人在叫它。它浑身一激灵，四处寻找。然而仍然只有白色的金属墙。墙上的门紧闭，再没有什么物类倚立。

可是生物打赌的确听见了某个呼唤，尽管它以后再没重复。

之后它产生了强烈的毁尸灭迹的愿望，但试了种种办法，都没有成功。没有器材、药剂，也找不到通往宇宙空间的门户。

七、性别之谜

余下的时间生物便吃那些剩余食物，以消除周期性的不适感。

尸体便在一旁腐烂。它就用食物的残渣把它覆盖，免得气味散发得到处都是。

许多次，生物以为还会从门洞中看见一双监视的眼睛，却再没发现。但那三张座椅仍然静静地原样排列。一张属于它，一张属于死人。另一张呢？

生物没有兴趣再为这个开始就提出的问题寻找答案。

它便去看星空。它是凶杀的目击者。生物便暂定它为第三者，以完成自我的解脱。

它在自己的壳中航行。不知为什么，危险和紧张的感觉依然存在, 而且另一种孤单的心绪也袭将上来, 渐渐化为一层欲哭无泪的氛围。

生物想不出再该干些什么。这时它便有与尸体聊天的冲动。

等到剩余的食物吃完一半, 仍然没有目的地将要出现的任何迹象。生物又开始吃另一半, 即原来属于同类的口粮。

食物消耗殆尽, 它便去吃那具尸体。

生物想: 它说我会死得更快是没有道理的。这人真幼稚。

噬食裸尸之时, 生物才注意到它的性别。得承认, 这一点它发现得为时太晚。

它仍然试图揣测在余下的时间里还会出现一点儿什么修正自己命运的变故。

这艘飞船——现在生物怀疑它真的是一艘飞船——便随着它的思绪飘荡, 继续着这沉默是金而似有若无之旅。

发表于《科幻世界》1995年第2期

获第七届银河奖二等奖

绿岸山庄

我开车带弟弟前往绿岸山庄。父母已不在人世，妻子与我离婚后，和儿子一家人住在国外，我现在只有弟弟一个亲人。

　　"这好像是一个陌生的世界，一切都难以置信。这还是我曾经待过的那个国家吗？"一路上，弟弟看着车窗外飞掠而过的景物，缩着肩，既惊且疑地问。的确，一眨眼四十年过去了。从反光镜中我看到，经历了亚光速飞行而于日前返回地球的弟弟，还像当年离开时那么年轻，而我已满头银发，成了地地道道的老人。我们彼此看着，都有些陌生和尴尬——说句不好听的话，就像鬼魂间的对视，一时间车里仿佛阴冷了下来。

　　"但至少我们要去的地方……嗯，没有大的变化。"我从困惑与不解的深潭中竭力挣扎出来，为从弟弟口中蹦出的"那个国家"几个字而感到讶异。

　　弟弟长这么大，一次都没来过绿岸山庄。从太空回来后，他非常疲惫，说想与亲人待在一起，休息调整一下。于是我特意安排了绿岸山庄之行——这也是考虑到他对父亲的缅怀。父亲是在弟弟离开地球二十三年后去世的，享年八十八岁。他未能如愿等到自己的小儿子回来。弟弟也无法在最后一刻尽孝。爱因斯坦建立相对论后，自然及人世间呈现的这种严酷的物理意义上的阴阳两隔，有一种难以言说的异样和微妙，谁都无法逃避。

绿岸山庄其实是某大型机关建于郊外的一处绿化基地，说起来，也不是没有变化——近年重新装修过，软件和硬件条件都更好了。然而，当年接待父亲的服务员已经不在了。我们选择了父亲住过的那间双人客房。我想起小时候，我与弟弟就这样蜷曲着身体，同睡在一个屋檐下。那时候我们住的房子还很差。有一年夏天停电了，半夜里我热醒过来，一睁眼看见父亲左右手各执一把蒲扇，在我和弟弟的头上呼哧呼哧地来回扇动，他慈爱的眼神中流露出极度的疲惫，额头上滚落下黄豆大的汗珠，却顾不上擦拭一把。多少年后，我还为这一幕唏嘘不已。但离开人世太久（或者其实一点儿也不久）的弟弟是否也有同样的感受呢？

父亲第一次到绿岸山庄还是在半个多世纪以前，他是来参加一个不明飞行物的研讨会。父亲那时已是不明飞行物研究团体的一名骨干了。后来，特别是晚年，他又在母亲和我的陪同下，多次来到山庄小住。

弟弟离开地球那年，父亲六十五岁，我三十六岁，弟弟二十九岁。那是我国首次进行亚光速太空飞行，如当年第一次载人飞行、第一次太空行走、第一次登月之旅等一样，具有里程碑的意义。

绿岸山庄位于一个颇大的人工湖畔，这实际上是建于二十世纪五十年代的一座水库。波光潋滟，群山环抱。正是阳春三月，岸边绿柳成荫，风光如画。山庄的名字，堪称取得恰如其分。这一切与太空中恶劣的环境，应该是大不相同吧？

我们下午出发，到达时已是傍晚，紧接着是进餐、洗澡、按摩、休息。对于周遭的一切事物，弟弟仍是一副好像没有自信的模样。不仅仅是时代的差异，也许与他在旅行中的某些遭遇有关吧？我这样猜想，心中泛出一种如若怜悯的情愫。宽衣上床后，闲聊了一小会儿，疲乏的弟弟很快就睡着了。听着他微微的鼾声，我则习惯性地失眠了，脑海中不断闪过四十年前，父亲、母亲与我，在飞船发射现场与弟弟挥泪告别的情形。

我起身下床，走到窗边。夜色如一条废弃的深巷延伸到天外，像暮年的我一样，被一层不祥的气象笼罩。无数的星星像是被挖掉的人眼，竟相裸露着，湿淋淋地一簇簇投入湖中。当年，或许父亲也曾在开完一天的会后坐在这湖畔，点燃一支香烟，出神地巴望着这晦暝难测的夜空以及暗流汹涌的湖水吧？

那一年，我六岁，妈妈刚刚怀上弟弟。

我回过头来，看着熟睡的弟弟，突然想到：在短短的一生中，我已与某个女人认识、结婚、生育、离婚, 而年轻的弟弟还没有触碰过属于自己的异性。

"在这个地方, 父亲当年究竟思考了些什么呢?"

第二天吃早餐的时候, 弟弟这样问我。"思考"二字从他口中吐出, 显得有些局促。我蓦然愣住了, 竟不知从何答起, 一眼看到墙上"绿岸山庄"的草书牌匾, 才恍然大悟般地应道: "也许, 包括了绿岸公式吧……"

一九六一年, 在一次于美国西弗吉尼亚州射电天文台——当地地名为绿岸镇——举行的聚会上, 天文学家弗兰克·德雷克提出了绿岸公式, 又称"德雷克公式"。它被用来计算银河系内可能与我们接触的高智文明的数目。

公式为: $N = R \times f_p \times n_e \times f_1 \times f_i \times f_c \times l$

意思是: 银河系内可能与我们接触的高智文明数=银河系内恒星形成的速率 × 恒星拥有行星系的概率 × 位于合适生态范围内行星的平均数 × 行星发展出生命的概率 × 演化出高智生命的概率 × 高智生命能够进行通信的概率 × 高智文明的预期寿命。

德雷克根据这一公式, 预言银河系中有四千个有交流能力的文明社会存在; 而另一位著名的天文学家卡尔·萨根则计算出, 每一百万个恒星系里就有一个高度发达的外星文明; 科幻大师艾萨克·阿西莫夫也测算出了五十三万个文明星球。

身为宇航员的弟弟，不会对绿岸公式毫无所知吧？考虑到年轻的人类已能够实现亚光速宇宙航行的事实，那么，还有什么理由怀疑其他星球上的智慧生物不会造访地球呢？他们甚至有可能掌握了更为先进的航行技术。

在另一位著名天文学家恩里科·费米看来，以宇宙如此古老的年龄，假如它孕育了不止人类一种智慧生命的话，那么，人类成为宇宙中最早出现的智慧生命的概率是非常小的；也就是说，在人类文明之前，理应存在许多个智慧文明。一个重要的推论就是，假如在人类文明之前就已有外星智慧文明存在，那么，其中一些文明就应该有足够的时间开展星际旅行或通过不同途径进行信息联络。

当然，这在后来也引发了关于"费米悖论"的讨论，即如果费米所言成立，那为什么人类至今都没有见到外星智慧文明来拜访我们呢？

父亲和他的朋友们则坚信外星智慧文明的存在，并认为他们业已造访地球，甚至留下了痕迹。剩下的问题只是如何去说服愚昧的公众和保守的科学家了。

距绿岸山庄六七公里，在水库北岸，有一座天文台，是父亲多次踏访过的地方。我们决定上午去那里看看。

天文台建在一座海拔两三百米的小山包上，远看如帝王陵墓上的明楼。我们把车停在山下，缓步拾阶而上。能够和久别重逢的弟弟并肩而行，我十分高兴。我们小时候也一起爬过山，那时候，兄弟之间总有一种朦胧的竞争关系，老想比试看谁爬得更快。结果弟弟总是跑在我的前面，令我沮丧而嫉妒。而父亲和母亲，那时还正当盛年，就在后方气喘吁吁地紧紧跟着，欣喜而担心地看着我们。我隐约听见母亲问父亲，如果现在有老虎从树林中钻出来怎么办？父亲毫不犹豫地答道，那我就把你和孩子往山下一扔，自己冲上去跟它搏斗！

父亲只有中学文化，后来他自学了一些大学课程。那时候，不明飞行物研究受到社会的质疑，被很有名望的科学家批判成伪科学。主流科学界并不认为外星飞船已经访问过地球。作为小人物的父亲则总是毫不畏惧地站出来，与权威们论战。由于他引用的数据和理论往往并不能从严格的学术意义上很好地证明自己的观点，因而遭到了讥讽嘲笑，甚至无情打击，连年少的我也为他感到苦恼。然而，当时我对父亲的爱好还没有产生太大兴趣。我对外星人的存在尚是半信半疑，所以，并不能很好地理解父亲的心情。

但人类已历经了数百万年的进化，世界上已经遍布着现代文明，山中也已不再会有老虎出现了。记得那天为了追上弟弟，我摔倒了。父母跟跑着，着急忙慌地跑过来把我抱起。父亲抓住我流血的手指头，噙在嘴里轻轻吮着，那热乎乎的舌头就像一只去了壳的蜗牛，弄得我又麻又痒。我近距离地看见一根早生的白毛从父亲汗津津的鼻孔里像根小草般伸出，心里一阵过意不去。然后，父亲把我背起来，牛似的继续往山上爬去，他的呼气声至今仍在我耳边回荡。当时，弟弟在一旁脸都吓青了，那无助的样子除了惹人恼怒，还让人不由得生出一丝同情，妈妈赶紧牵住了他的手。而又过了许多年，弟弟离开了家，参加了封闭的太空人训练，断绝了与外界的接触，再难与我们见面；父亲则一天天老了。他出门的时候，一开始需要我搀扶，后来就坐进了轮椅。

现在，在通往天文台的山路上，是弟弟搀扶着我。我不禁想要落泪。

沿途草木葱茏，令人神清气爽。各种生命不分大小，在山野中振声欢唱，向大自然显示着自己的存在。一座山就是一个宇宙啊，但说不出在哪里，明亮的声息中却又显现出了悄然的一抹阴森感……那么，父亲在弟弟这个年龄的时候，他的生命又是怎样表达的呢？我只知道他是在春天与母亲相识的。如今，两位老人履行完了进化赋予他们的规定程序，已经远远地离开了这个世界；但这与弟弟离开地球，究竟有何差别呢？

天文台那银白色的不像是实物的半球形圆顶出现在了我们眼前，门前杂草丛生，周围盛开着桃花、梨花、李花和油菜花。台里只有一位浑身带着阴柔气息的年轻见习研究员留守，他因我们的突然造访激动得手足无措——电视台这几天都在报道有关弟弟的新闻。研究员抱歉地说, 很不巧, 包括台长在内的其他人都出远门了。但他没有说他们去了哪里。

"这个地方与我走的时候相比, 倒也并没有太大变化嘛。"弟弟像是要使自己踏实下来, 认真地四处打量。

"还是有变化的……在这个时代, 天文学停滞不前了。"在有史以来飞行得最快的人面前, 见习研究员好像有些惭愧地说, 脖子都涨红了, "只有您能带给我们宇宙中最新的消息。"

弟弟"嗯"了一声, 没有正面回答。

随后, 我们参观了馆中的陈列厅, 这里展示了天文台的历史、天文仪器、陨石收藏、观测成果、天象照片, 等等。我突然觉出了一种深刻的无趣。

在这里, 弟弟意外地看到了父亲的照片——他竟然是天文台的荣誉研究员。他的成就被书写在照片下方的一纸说明上。弟弟难以置信地瞪大了眼睛, 大概以为是走入了魔境。

……

随后, 他又看到了另外几张颇为诡异的照片。

"这是什么?"照片上模糊不清、晦暗恐怖的景象使弟弟惊诧极了, 他脸上显露出极度震撼甚至微微恶心的表情。我为弟弟对四十年后世界的无知而难过。

"不明飞行物爱好者的集体自焚……"在见习研究员犹豫之际，我抢先说，"他们在这座天文台前自焚了。这是历史的一部分。人们不想隐瞒。"

弟弟疑惑而诡谲地把他那颗在太空中经受了洗礼的大脑袋转向见习研究员。

"是的。"天文台的年轻人嗫嚅着，好像这是自己的罪过。四面八方的空气中，仿佛漫涨起一股淡淡的尸臭。我似乎看到父亲那半张垂老的脸在某个空间中若有若无地显现出来。

"爸爸他……"

"爸爸当时进行了劝阻；但遗憾的是，他们一意孤行。"我生硬地说。

"为什么这样呢，为什么这样呢……"弟弟嘀咕着。我已难以揣度他内心的真实感受。

大家都沉默了。我们走出阴晦的天文台，来到了明媚的室外，群山秀美地挺胸而立，一块绿茵茵的平缓坡地如透镜般在眼前徐徐展开。和煦的阳光下，四十多面碟形天线像睡莲一样悄然绽放。这些直径均为六米的射电望远镜汇聚在一起，形成壮观璀璨的阵列，不分昼夜地聆听着从宇宙深处传来的动静。

"在您离开地球后的第四年，它们就开始工作了。第一次启动就扫描了我们星系中心方向二十度范围的太空，用三个月的时间寻找来自这一区域的信号。第二年，开始对附近大约一百万个恒星系统进行检测……我们总共监视了五千万个射电频道。简单的耳机是无法帮助分析所有数据的，我们使用了一种尖端专用系统，它可以小心翼翼地筛选所有接收到的静电噪声，这些噪声可能就是地外文明的一台发射机发出的。"见习研究员用谨慎的口吻对弟弟说。

"我记得从前可不是这样。我走的时候，是二十八面直径为九米的抛物面天线组成的米波综合孔径射电望远镜，而且也不是为了寻找外星人……但，它们听到什么了吗？"弟弟像是压抑住满腹疑虑，装作感兴趣的样子淡淡地问。

"哦，迄今什么都还没有听到；但这些设备还将一直工作下去，请您放心好了。"

我把弟弟拉到一边，小声告诉他，这些设备都是后来天文台改建时添置的。其实，它们只是一些象征性的装置，是为了纪念父亲而保留下来的。在世界各地，还有很多这样的东西，为了缅怀父亲而存在。不必把它们的外在功能太当真。

"纪念？缅怀？外在功能？"弟弟低垂着脑袋，重重地踱着步，叹息道，"没有想到，在我走后爸爸竟成了名人。"

我看着眼前这些正在营造出强大欺骗效果的碟形天线，身心都沉浸在无际的梦幻中。我不禁回忆起父亲健在的时候，我和弟弟所享受的天伦之乐。父亲带我们去电影院看大片。他乐呵呵地为我们买来爆米花和可口可乐,而自己则节俭地只喝一小瓶自带的凉白开。一切多么真实呀。小时候我们也会作弄他,虚掩上房门,在门框上搁一个装满水的塑料盆子。他回家时一推门,水盆就掉下来,把他身上全都弄湿了。他有些恼,但只是一瞬间,脸上就又挂上了和蔼的笑容,然后跳着脚,冲进厨房给我们做饭去了。那时候母亲上班远,很晚才回来,所以总是父亲当厨子。他烧的菜很好吃。那时,我们住的房子很小,父亲收集的不明飞行物资料又多,只好堆放在大纸箱子里面。只有当我们把他的资料翻乱或者弄丢时,他才会难得地真的发一次火。就这样一个人,如今却不知是成了鬼还是成了仙。

我听见弟弟在问天文台的见习研究员:"……我走后,大家还做过什么吗?"

"你是说发射新的飞船?没有了。再没有进行过太空探索。现在飞得最远的,除了您,就只是美国人的'先驱者'和'探索者'了,但您一定撵过它们了吧。"

"为什么会这样?这么多年过去了,难道大家就什么事都没有做吗?连我都回来了。"弟弟不谙世事而怅然的样子真是可怜。然而,弟弟还记得四十年前的那些不真实的事情吗?我心中一阵苦涩。

鸟儿在四周欢愉地歌唱。它们寂寞一个冬天了。春天来临时鸟儿就开始歌唱，是因为春天的日照时间比冬天要长，鸟儿们大脑里的细胞受日照时间延长的刺激，便开始分泌荷尔蒙。科学家说，荷尔蒙是动物体内分泌系统分泌的能调节生理平衡的激素的总称，它对动物新陈代谢内环境的恒定、器官之间的协调及生长发育、生殖等起着调节作用。在荷尔蒙的刺激下，鸟儿的身体分泌出更多的激素。达到一定程度之后，鸟儿就有了寻找配偶的需求。于是，它们便开始唱歌，以此来吸引异性。所以，一般春天也是鸟儿繁殖期的开始。丛林成了生命们耗尽毕生精力追求幸福的宇宙。

听着鸟儿的相与唱和，我想，作为兄长，是否应该给弟弟说个媳妇了呢？他把青春完全献给了祖国神圣的航天事业，连个对象都没顾得上谈；而对于四十年后的新女性，他大概是更加陌生了。他不知道，与他走那会儿相比，她们的变化有多大。他现在只看到了国家和城市的变化。当年，我们全家只是为弟弟被选作亚光速飞船的航天员而自豪，并为我们民族的进步而倍感荣耀，倒真是忽略了他的个人需求，记忆中连父亲和母亲都很少提到那方面的话题。因此，此时此刻当我看着弟弟朝气蓬勃的脸庞，心中不禁浮起一层愧疚，随即感到的却是羡慕，又隐隐滋生了一丝似不该有的嫉妒。我为此不安了，慌张地把头掉过去。然而弟弟还是一言不发地直视着我，眼神越来越绝望。突然间我又一次觉得弟弟的模样并不真实。他的确像是一个从暗黑世界返回的鬼魂。他依然如鸟儿一样活着吗？

那样一趟极不寻常的旅行难道就没有令他发生什么改变吗？可他就那样目不转睛地久久凝视着我，也许是从我的身上找到了父亲的影子吧。我和弟弟都长得更像父亲而非母亲。

由见习研究员招待，我们中午在天文馆吃了便饭。下午，我们游览了附近的辽代古塔群。所到之处，一种阴间似的幽冷感如影随形。晚饭是回到绿岸山庄后吃的。在饭厅里坐下来，仿佛才松了一口气。菜肴里面，有从水库里刚刚捕捞起的虹鳟鱼，另外，我还专门请厨师做了弟弟爱吃的清炒竹叶菜（这也是当年父亲的拿手菜）。我们喝了一些自带的茅台，不知不觉间天色再度准时地暗了下来。城里因为大气污染而不能看见的星星，此时都在念珠般哗啦啦地耀动不休，着实令人心悸，而气温也下降了。瞥了一眼窗外斜挂的星空，我突然想起弟弟刚刚去过那里，不禁暗自惊诧。此时弟弟的目光十分迷茫，脸上又浮现出了我不熟悉的神情。

父亲第二次来山庄的时候，弟弟已经离开地球六年了，掠过了半人马座的比邻星。父亲坐在湖边，遥望夜空，心想，宇宙中应该有很多智慧文明，说不定正跟自己的孩子一样，在做着星际旅行呢。外星人必然是广泛存在着的，但他们为什么还没有与人类发生接触呢？

这个时候他的心突然就悸动了一下，平生第一次觉得宇宙有些可怕。他想外星文明为了在一个竞争的环境中存活下来，争取优胜，不被劣汰，就一定要对自己的生存发展环境进行干预，而且干预得越多、干预得越深、干预得越强，就越是于己有利。也就是说，高级的技术文明必然一直在对宇宙的基本结构进行着一些"改动"，甚至是重大"修正"（就像人类要铺筑长城，兴建大坝，制造大型强子对撞机，还要改造月球和火星的大气及地貌一样）。是的，比人类更为先进的外星智慧文明不仅能够进行太空探索，还应该能够制造戴森球（为使垂亡的恒星继续燃烧发光而进行的一种高技术加工，需要在恒星表面围上一层"脚手架"），能够挪动恒星至他们预定的轨道，能够自如地控制黑洞并利用它们来生产能源，能够在自己的太阳灭亡时进行大规模宇宙移民，能够利用统一场理论来制造他们所需的大尺度产品，能够重新安排原初气体创造他们想要的星系，能够为了自己的生存而引爆超新星消灭竞争对手，或者能够为了躲避强敌而改变宇宙的某个常数，甚至，能够通过控制量子引力重新组织时空模式……虽说他们中的一些家伙有可能因为谦逊或者因为自私或者为了避免树大招风引来杀身之祸而刻意隐蔽自己的行踪，但只要哪怕众多的文明中有一个因为"无知"而在做上述"改动"——比如，只要卡尔·萨根预言中的第三型文明（即能够掌握自己恒星系统资源的文明）稍微做几件"小事情"，那就足够了。如此一来，宇宙就不应该是人类今天观测到的样子，其结果必然是，物理和天文现象也就不应该是人类今天描述的这般情形。换句话说，我们就不会拥有现在大学教材上书写着的这一套自然科学体系，牛顿定律和爱因斯坦理论都将成为谬论。

难道不是这样吗？父亲进一步设想，在宇宙的基本状况和结构（在宏观和微观两个尺度上）已被先进的外星智慧文明加工过了的情况下，人类竟能用一套"客观"的物理理论去解释宇宙的起源，描述它的运行，预言它的终结，并根据这样一种所谓的"规律"制造出亚光速宇宙飞船，这难道不是一个巨大的悖论吗？那么，是因为外星文明改造宇宙的力量还太微弱而无法造成足够的影响，也无法被人类观测到，还是因为地球文明真的是宇宙中唯一的绿洲？又或者人类已经被外星人隔离在了一个看不到任何变化的"自然保护区"之内？除了这些解释，是否还存在另外一种可能呢？

父亲就想到，这只能说明，宇宙的本性就是自相矛盾的。宇宙天生是有某种"毛病"的。它根本不需要任何符合逻辑的解释。换句话说，这是一个"荒谬的宇宙"，它天然地存在着许多的漏洞和缺陷，从而出现了大量的悖论。费米悖论只是其中的一个。从物理学到数学，从自然科学到社会科学，其间有无数悖论，永远也找不到合理的解答，或者说，根本不需要解答，这与上帝存在与否一点儿关系都没有。

这就是父亲那天晚上坐在绿岸山庄的湖边，头脑中突然冒出来的想法，这个想法推翻了他以前关于外星人、关于宇宙的信念。

弟弟听我挤牙膏一般说着这些奇奇怪怪的话，没有丝毫反应，只埋头专注地大口大口吃着东西，嘴里发出使劲咀嚼的声音，好像他在太空旅行时从未吃过饭一样。星光像大团的味精一样落在他的手上和饭碗中，我吃惊地意识到自己竟能看出星光与灯光的不同。

"爸爸的余生都在宣扬他发现的所谓真理。刚开始没有人理会，认为生命、宇宙及世间万物可能只是一种幻觉的观点，古已有之，并不稀奇；但后来就有人注意到了爸爸思想中的殊异之处，这启发了卢卡斯·波多尔斯基，就是后来获得诺贝尔物理学奖的那个德国天才。他试着重新做了一个宇宙模型——不是圈量子也不是弦，结果推倒了以前的理论和假说，他从根本上证明了宇宙的'伪性'。据说，他与爸爸在互联网上还通过信。爸爸在与我闲谈时也提到过这一点，但他去世之后，我在他的邮箱中并没有找到这样的往来信件。"

"你偷看了爸爸的信箱？"弟弟突然停下筷子，抬起头来。

"不，不能说偷看吧……我们以前对他了解得的确太少了。"我惴惴不安地说，不敢看弟弟的眼睛，转头瞅了瞅窗外黑沉沉的湖水。父亲的半边脸好像又从湖中的漩涡里浮了出来。

"你一直在说我们以前对宇宙了解得太少。"弟弟像个夜叉一样撇撇嘴角，吐出一根很粗的鱼刺。这样子令我觉得十分恶俗而陌生。

我这时竟然忘记了弟弟刚刚从那不可思议的宇宙中回来，他才最有发言权。我只是尽量耐心地对这个年轻人说，实际上，人类突然发现，宇宙就像一层窗户纸，一捅就破。只要稍微向前迈一小步，伸出一根手指头就行。这就好像禅宗的棒喝。顿悟看似改变了精神世界，但其实改变的是物理现实。很细微的一点儿改变，就全部改变了，思想面前人人平等，只需要神经细胞中的一点火花，就推倒重来了——这与整体性有关。"当人类发现他们所处的时空竟然是'伪'的时候，他们对宇宙的敬畏心就一下子消失了。有人开始根据波多尔斯基提供的宇宙模型尝试制造大大小小的各种宇宙，因为这已成为一件很容易的事情。波多尔斯基本人也成立了一家公司，果然，造出了很多个宇宙——就像在流水线上制造电视机一样简单方便。后来，这几乎成了一项全民运动，连中学生都可以在计算机上设计他们想象中的宇宙，只要在平面视图上为它粘接上维度并规定因果律就成，而无须涉及对巨大能量和物质的加工。当然了，人工制造出来的宇宙同样漏洞多多，悖论无数，但再没有人觉得这些会成为问题，大家已经习惯这个了。这些宇宙中自然也包括我们现在居住的这一个。"我竭力镇定地说。

"我现在就待在你们制造的宇宙中？"弟弟难看地咧嘴笑了，"有趣。"

"是我们都待在我们自己制造的宇宙中……这是你走后发生的

事情。"我再次避开了弟弟那虚幻的眼神, "不过, 据爸爸讲, 他有一段时间还差点儿担任了波多尔斯基公司的名誉顾问。"

我突然奇怪地想到, 在过去四十年里, 弟弟究竟去了哪里? 他在最孤寂的时候, 是否想念过我们呢? 他是否后悔进行这趟旅行? 但我不敢把这些问题对弟弟提出来。我们不再像四十年前那样无话不谈。

"那么以前那个宇宙呢? 它已经存在了一百五十亿年, 现在到哪里去了? 就像换一件旧衣服那样换掉了吗? 那么多乱七八糟的公司, 国家怎么不出面来管一管呢?"

我无语。是的, 那是弟弟及许多人以青春和生命为代价而奋斗于其中的宇宙。一代代的人们, 英雄豪杰和芸芸大众, 为了探索它的真谛, 做了无数可歌可泣的事情, 付出了英勇的牺牲。现在知道它不是那么回事, 对弟弟是公平的吗?

"到底出了什么事?"弟弟的语气沮丧已极。

"其实一切正常, 什么事也没有发生。"连我也听见自己的语调中带着老人才有的哭腔。

"但是有人自杀了, 对吧? 他们是因为这个而绝望了吗, 哥?"

弟弟有些艰难地吐出最后那个字, 微微扬起下巴, 流露出无助的神情。这让我重又看到了他小时候站在山路边的可怜模样。是的, 在这一点上, 一些人(只是极少数人)说父亲做错了。因为这个, 父亲后来过得并不快乐，而我和母亲一直是"保护父亲运动"的中坚分子；弟弟他身陷另一个宇宙中，没有参与。

记忆中，我和弟弟很少在一起喝酒。饭后，由于酒精的作用，我们仍然十分亢奋，弟弟便又一次搀着我，来到湖边散步。我对弟弟说：

"爸爸在最后的那段时日里，还到这里住过。他时常念叨你，跟我和妈妈回忆你小时候淘气时的情形，并检讨对你照顾不周。你走后有一段时间，他总说他很忧虑，担心你遇上麻烦，发生危险。你遇到过什么麻烦吗？"

"呃……没有。"弟弟还是一句话也没有提他在旅行途中是否想念过我们，以及他到底遭遇了什么。

"后来，爸爸其实已经完全放弃了对宇宙的思考。他觉得，它既然已经是这个样子，那它怎样下去就与他彻底无关了。他成了一个成天遛狗逗鸟的普通老人。但他还是挂念你，一说起你，就老泪纵横。他像小孩子一样反复念叨你的名字——但在我看来，这又是矛盾的。你就航行在这个被他断定为有问题的宇宙之中，挺无辜的是吧？如果爸爸不是真的仍然在关心着这个宇宙——他记忆中从前那个未被置换掉的宇宙，又怎么可能牵挂着你呢？"

父亲以前在一家国家大机关的后勤服务部门工作，为领导开车。他勤勉认真, 把心思都用在了工作上。他的生活简单而朴素。直到有一天, 单位出了事, 一位领导私开公车, 撞死了行人, 他的秘书来找父亲, 要他帮忙出面顶替, 条件亦很优厚。这位领导平时待父亲不错, 父亲便答应了。父亲因此蹲了三年牢。出狱后, 迷上了不明飞行物, 才对过往的事情慢慢想开了, 淡忘了。父亲的世界观和人生观都发生了巨大的变化。也许, 在那个时候, 父亲就在潜意识中觉察到了世界的真相。父亲究竟是个什么样的人呢? 我们大概真的从来不曾了解过他。

"这些年我不在, 你和妈辛苦了。"弟弟的声音又空洞虚幻地飘了过来。

我觉察到弟弟好像在流泪。对于他来说, 他只离开了几个月。他对父亲的记忆, 其实就停留在昨天, 那的确比我更深厚、更真切。这竟是我们的不同之处? 我忽地感到了人生的仓促, 迈不开步子了。

"那么, 你在宇宙航行中究竟看到了什么? 能跟我说说吗?"此刻再来谈论弟弟去过的"那一个宇宙"已经没有多少意义, 但我还是不由自主地说了出来, 好像是父亲的灵魂在催促我这样问一样。

"你知道, 我这次飞行并没有承担寻找外星人的任务。"

"但你还是看到了什么吧? 你不可能什么也没有看到。"

他在星光下沉重地摇了摇头, 像一只在花丛中迷失了方向的蝴蝶。

"呵，那难道是国家机密？"

我流露出了些许悻悻的口气，甚至带着点儿不满。即刻我觉得这样怀疑弟弟有失兄长的气量。弟弟回来后，面对媒体采访，缄口不语，必有他的原因。很多事情我并不知晓，也不便知晓。不管宇宙如何变化，像四十年前一样，弟弟仍不属于他个人。而我已经老了。我记得父亲老了的时候，也是多话，让周围的人不爱听了。是我对不起弟弟。他是代表着国家，冒了极大的风险去的，为探索当时的那个宇宙，吃了很多苦。他出发的时候全国人民都眼含热泪为他送行，也期盼着这个历经磨难的古老民族因此能更快地走上复兴之路。在他离去的那一刻，父亲像是一尊青铜雕塑，一动不动，只有眼眶里打转的泪花让人看出他还是个活人。但现在这一切都变了，与当初不一样了。都是因为某天晚上在绿岸山庄的湖畔，父亲大脑里滋生的一个念头吗？现在，弟弟终于回家了。他除了说认不出来这个国家，还会说些别的什么吗？

这时候，一团发着强烈绿色冷光的东西浮现在远处的山梁，很快朝我们这边飞来，刚好掠过水库的上方，把湖面映照得一片惨然透亮，连沉底的重重尸骸都耀射了出来，仿佛这里不久前曾发生过一场大屠杀，但那段历史谁也不会提起了。栖息在树林中的群鸟惊飞而起，呀呀的叫声凄厉地传遍夜空。我浑身一片寒意，抬头看去，在不明飞行物的外壳上见到了成排舷窗一样的东西，像小孩子的玩具一样，那样漂亮干净。最近这些年来，这儿已成了飞碟的固定航线。它们在我国的领空中肆意来往，不避人眼目，父亲却没有等到这一天。

"真像啊。"弟弟只看了一眼，不动声色地说。

"不，它就是真的！"我以老人特有的执拗语气大声说，眼中满含泪水。不明飞行物于是渐渐地模糊了，变成了一团稀饭般的东西，悄悄地没入了宇宙这个似有若无的大湖。

这时我惊讶地看到，弟弟的身形一下子不清晰了，随后，竟烟雾一样慢慢散失了，只剩下我一人伫立在苍茫天地之间。哎呀，弟弟其实早已经不存在了吧？当那个宇宙被置换掉时，孤独而不知情地旅行在浩渺太空中的他就应该被杀死了吧？这样说起来，他也算是间接地死于父亲之手。

那么，刚才站在我面前的这个年轻人又是谁呢？

像他这样抱憾而怀恨的人，还有多少呢？

我偷偷地捏了捏自己的手臂，感到它像一段酥酥的木炭，却没有疼痛感。就在这时，在亚麻般的夜色中，弟弟又一点儿一点儿地重现了，最后恢复成了完整的一个人。

湖中有一个小岛，父亲的墓就筑在上面。崇敬父亲的人们设计了很多方案，母亲最终选定了这个样式。在一个乌龟壳般的合金罩子里面，埋葬着父亲的骨灰。

翌日，我和弟弟租了一条小船，登上湖心岛。四顾无人，万籁俱寂。这时吹来了一股意外的冷风，像是这个季节里的逆流。现在已经知道，风并不仅仅是由于空气在自然界气压梯度力的作用下流动而形成的，这让我感到恐惧，这是只有知道真相后才会体会到的恐惧。弟弟恐怕还不太能觉察到吧。他还需要一段时间来适应变化了的环境。

弟弟在父亲的坟前跪下，用不像人类的声音号啕大哭，像是要永远地告别过去。哭了一阵，他站起身来，抹着眼泪问我："爸爸最后的时刻，是怎样的？"

"他走得很安详。"我闪烁其词。

父亲死得很怪异。那是我最后一次陪他到绿岸山庄小住的时候。一天早上，我刚起床，发现他的轮椅还在，人却不见了。后来人们在水库中找到了他面目狰狞的尸体。八十八岁的老人是怎样独自走到湖边去的呢？他是自杀，还是被谋杀？警察也未能给出明确的答案。父亲之死至今还是一个谜。

我记得的是，送别的时候，是我推的那具黑色的灵车。弟弟的一张彩色照片就放在父亲的头畔。我的目光始终落在父亲那被白布裹住的脚部位置，不敢看他化过妆的面孔。然而我强烈地觉得他的身体是物质性的。我也知道这一切或许都是假的——我和弟弟共同拥有的父亲是假的。尽管如此，我还是一直把他护送到了焚化炉前。就在这时，炉门刚好打开来了，一具煅烧过的人类尸骸噗的一声被吐了出来，我满目都是亮晶晶的细碎玩意儿，以及苍蝇一样腾舞着的许多金灿灿的火花。形若一株桃树的殡葬工人戴着白森森的口罩和手套，熟练地在玻璃一样的骨碴儿里面挑挑拣拣。

"宇宙既然如此，那为什么我们还要存在下去呢？"弟弟装模作样地问。

"大概，这就是父亲的希望吧。"我淡淡地答道。

小岛孤零零地像是凭空悬浮着。碧绿的湖水从四面八方围困了过来。远处才是一环接一环的青翠群山，仿佛一张又一张连续播放着的幻灯片。新的一个季节开始了，但它不会维持太久，很快就将变身为夏天，又要与去年一样，满山都是鸣蝉。

发表于《科幻世界》2009年第8期

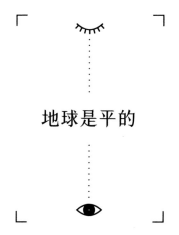

地球是平的

我来到美洲旅行。在纽约曼哈顿，见到一座哥伦布纪念碑。

哥伦布左手按在腰间，两眼凝视远方，衣衫似被海风拂动。雕像脚下的台座圆柱上嵌着三个船头，代表着他首航美洲大陆的"圣玛利亚号"等三只三桅木帆船。塑像周围遍布着时代华纳中心、CNN大厦、特朗普大厦等由高大华丽的玻璃幕墙构成的水泥森林。

"它落成于一九〇五年。"导游莎拉小姐指着哥伦布纪念碑对我说。

"那时，中国还处在封建帝制下呢。"我一阵慨然。

"实际上，如今，您才是我们尊贵的客人。哥伦布最初就是看了他的同乡马可·波罗的游记，为了寻找东方的中国和印度，才踏上旅程的。"

我看过史料，这是真实的。他还带上了几名阿拉伯语翻译，要与中国的大汗对话。那时人们认为世界上所有的母语都是阿拉伯语。

我瞧了一眼伫立在基座上的哥伦布。他是个拜金狂。他的远航，不仅仅是因为对马可·波罗那天方夜谭一般的描述感兴趣，更是为了攫取东方的黄金和珍宝。我的心情顿时复杂了起来。

"但后来发生的就与书籍上记载的不一样了。我把真实的情况向您介绍一下吧。您是我们尊贵的中国客人。中国，那可是强大的国家啊。"

莎拉说，实际上，哥伦布从西班牙出发，航行了七十个昼夜后，大海就终止了。

船员们看到，前方的海水形成了一片瀑布，悬挂在世界的边缘。瀑布之外是银色的天空，一望无际。

幸亏他们及时停住了船，才没有掉下去。

那是一四九二年十月十二日的早晨。他们没有见到预想中的陆地。

"怎么会是这样的呢？"我不解地问。

"因为地球是平的。"

"这太荒谬了。根本不可能。"

"哥伦布深受古希腊学者波昔多尼指出的大地的球形说以及中世纪思想家培根关于地球概念的影响，这是促使他去冒险的一个重要原因。但地球的形状究竟如何，在当时仍然有争议。哥伦布向西航行的计划因此被否定过好几次。结果，还是哥伦布错了。"

在到达世界的尽头时，哥伦布和水手们发生了争执。

是返回，还是继续航行？

但航行到哪里去呢？

他们目不转睛地看着前方那片渺茫的天空，它似乎与头顶的天空有所不同。它银光灿灿，好像是一片更大的海洋。海水汇聚而成的瀑布注入它后，就彻底消失了。

"他们的确没有到达印度和中国，但似乎发现了另一个新世界。"莎拉说。

夜晚来临时，世界外面的世界——他们是这样形容它的——颜色渐渐变深，银色的光焰消淡了下去。像头顶的星星一样，出现了一些闪烁不定的小斑点。

"不管怎么说，那个世界仍令这群探险者着迷。他们渐渐打消了失望。哥伦布本人更是无法割舍，他连续几天，什么也不做，伫立船头，久久地欣赏这奇妙之景。"

"当时，他在想些什么呢？"

"哦，他也许在想：圆形的地球，是否存在于其他的世界中呢？"

"啊，是啊，那儿是否有黄金、珠宝和香料呢？或者有连马可·波罗都没有见过的更好的东西呢？"

"您是我们尊贵的中国客人。"莎拉小心翼翼地看着我说。

"他的胃口可真大啊。"

莎拉没有正面回应我。她只是说，这样又过了半个月，有人提出，应该回去了，船上的食物和水的供应跟不上了。

这时，哥伦布采取了一个冒险的办法，他派出一叶小舟，到达瀑布的边缘，坠下一段绳索和一个特制的瓶子，从那个虚空般的世界中提取了一些"海水"。

然后他们就返航了，回到了西班牙。他们把看到的情形向国王和王后描述。掌权者有些失望，但又被那种不可思议感吸引，迷恋于那个更大的世界的神奇性。

炼金术士对哥伦布带回来的"海水"进行了分析，发现里面有一种特殊的物质，就把它命名为"以太"。这是一个希腊词汇，意指天上的神呼吸的空气。

原来，那是一片以太之海啊。

我想象着，地球像艘舢板，在以太之海中航行；而哥伦布的船队，则是这舢板上的舢板。

"哥伦布说了一句话：世界远比我们料想的要神奇万倍，上帝就是这样创造它的。"莎拉说。

哥伦布表示，寻找圆形地球，将是下一步的目标。按照他的说法，它不在这儿，而在遥远的另一个空间，或许，在另一个时间。

反对他的人说：那样做太危险了，那可是我们一无所知的世界啊。我们的罗盘和沙漏都将失效。

但哥伦布越来越认为自己是上帝选定的神舟——载运基督者。

他认为,应该制造一艘能在以太之海里航行的船。那是一艘完全不同的船。

因为以太之海比大海更轻,因此,那可能是一艘会飞行的船。

国王和王后支持了哥伦布。包括十七艘船和一千二百名船员的巨大船队,在不到五个月的时间内就组建完成了。这些船只是根据以太之海的特性设计的,据说可以离开大海,沿着瀑布而下,驶向那神秘莫测的新世界。

这次殖民远征在当时欧洲派出去的远征中,要算是规模最大的一次。哥伦布把自己的弟弟迪戈也带上了,做他的助手。

哥伦布进行了第二次和第三次航行。

莎拉告诉我,在哥伦布的日记中有这样一段话:"我自年轻的时候出海以来,至今还不曾离开海上的生活。这种职业,似乎使所有干这一行的人,都产生了一种想知道世界奥秘的心情。"

她长了雀斑的俏丽脸蛋儿上,流露出了像我这样的含蓄的东方人所不习惯的骄傲神情。

"他到达了新世界吗?"我不安地问,语气却是冷淡的。

"在第三次航行时,他一去不返。实际上,后来到达新世界的,是几个世纪后哥伦布的后世追随者们设计的光船。只有光船,才能够在以太之海中航行,因为以太是光波的荷载物。"

"但是,我们现在明明站在美洲大陆的土地上……"我迷惑地又看了一眼那个意大利热那亚男人。至少在我的印象中,哥伦布发现的,的确是美洲。

"是的,我们是他们的后裔。至于我们生活的这块美洲大陆,则是在另外一个星球上。"莎拉说,"确切来说,我们所享受到的现代文明,以及我们今天所拥有的新秩序,或者说'扩张红利',是从哥伦布那个时代才开始的。否则我们到了如今还是野蛮人,甚至,都有可能像恐龙那样灭绝了。"

我看了看天空。那个平坦的地球,它在哪儿呢?

"我们到达新世界后,试图回去找它,但至今也没有发现。那感觉好像昙花一现。就仿佛是为了促成哥伦布的远航,而刻意地由什么力量搁放在了那儿,当作诱惑物。然后它就永远消失了。天文学家发现,所有的星体都是球形的。太空中也没有以太。"

"那么,这是一个多么枯燥、单调而乏味的宇宙啊。"

我在脑海里想象哥伦布航行过的那个扁平的地球。

"的确,如你所言。时间过去那么久了,仍有许多人相信,这并不是宇宙的真实情况。NASA仍在寻找那个平面的地球。一九七七年,我们发射了'旅行者号'无人探测飞船。更多的飞船如今正在驶向宇宙的深处。"

我又瞄了瞄哥伦布。这个羊毛商人的儿子,这个没有受过几天正规教育、只凭听来的故事就踏上旅程的冒险家，仍在野心勃勃而略带困惑地眺望。

他想要看到什么呢？

告别了莎拉，我乘波音飞机回国。辽阔的大海从下方掠过。我睡了又醒，朦胧中有时看到虚幻的云层，像是宇宙尘埃。我不时孤独地把身子紧缩了起来。四周都是我的同胞。我无法确定，我是否还能回到我所来的那个国家。

起飞前，机舱电视播放了安全提示，警告乘客可能存在的风险。因为，按照一种通行的说法，为了避免被发现，我要去的那个目的地，早已经在五百年前，就被本土科学家采用一种他们发明的物理技术，把自己隔绝在了时空的背后。

"万一航班不能到达，请听从乘务组的指示……"

看来，哥伦布向西航行时所看到的，只能是世界的边缘。

然而，他还是发现了新的世界。

发表于《科幻世界》2011年第5期

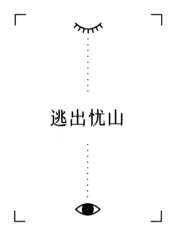

逃出忧山

韩愈与妻子感情不和。这天，妻子对他说："是时候了。"

"是去离婚吗？"

"不。"

妻子递给韩愈一本杂志。

"我保存四年了。"她说。

韩愈跟妻子是四年前结的婚。想到这一层，他非常惊异。

他从来没读过这本杂志，便好奇地把它打开，看见第二十九页有一篇文章，讲述了一个老套的故事，大意是：一对夫妇感情不好，准备离婚。分手之前，他们决定到安徽黄山把定情时系在一起的同心锁解下。不料到了山上，两人触景生情，竟然和好如初。

"你认为这种事情是真实的？"韩愈冷笑着抖动杂志，对妻子说。

"但我们可以证实它的真实性。"

"原来你早有准备。"

想到她仍然爱他，韩愈有一些厌烦。

"有这个必要吗？"

女人只是简单地从口袋里掏出早买好的车票递给韩愈。

"我本可以到单位去揭发你的。"她说。

韩愈便不寒而栗。

"是一起走吗？"

"各走各的。就像当初那样。"

他们便去了。韩愈在北方这座城市一所重点大学的国家实验室工作，许久没有出门，忙于做他的科研。由于工作太忙，他怠慢了她，这可能是他们不和的一个原因。另外还有性格上的差异等。

一路上景色优雅或丑恶。世界确已大变，但是韩愈被象牙塔所拘，一直还蒙在鼓里。

当然，他们要去的地方不是安徽的黄山，而是西南某省的旅游胜地忧山。韩愈乘上火车，由京广线换宝成线，辗转来到目的地。他的妻子则乘飞机直达。

忧山城通了飞机，是世纪末的事情。

根据妻子的安排，韩愈和她都应该下榻四年前他们在忧山邂逅时住过的那家客栈。这样，便能尽量做到原汁原味。

韩愈觉得女人都很浅薄，但他想到妻子警告说要去单位告发，便没有了自己的主意。他连浅薄也摆脱不了啊。

但是他没有能够找到那家客栈。他于是有些幸灾乐祸。但就在这时,他看见街对面一幢高楼的一扇窗户中探出妻子的脸。她用不耐烦的眼光说:"你还在瞎找什么。"

韩愈便向当地人打听,才知道原来的客栈已经拆除,旧址上盖起了"忧山大饭店"。韩愈便走进饭店。妻子刚才就是从这饭店的楼上探出脸来的。韩愈登记了一个房间,顺便查了一下妻子的房号,发现她竟然就住在他隔壁。他为这个巧合感到不可思议。因为这跟四年前的排列组合恰好一样。当时正是由于这个原因,韩愈才和女人勾搭上的。

那时韩愈研究生刚毕业,正式上班前有一个月假期。他便利用这段时间,游览国内各地的风景名胜。他在忧山遇见一个女大学生。她失恋后独自一人四处游历,准备最后到成都出家。韩愈在忧山大佛的脚背上阻止了她,后来又在城中一家客栈里跟她睡了觉。

忧山成了韩愈人生旅途中的一个转折点。结婚后他数度追忆忧山的景物,却一直没有机会重返。抛开妻子的要挟不谈,韩愈其实在暗中一直渴望着能再度游历忧山。

但他没有想到妻子首先提出这个方案,这使他犹如游泳时猛呛了一口水。

服务员带韩愈去他的房间。韩愈发现这服务员竟是原先小客栈的旧人,愈发心生感慨。他注意到她手上已戴了结婚戒指。而她根本认不出他来了，只是恶声恶气催他赶快。

韩愈进入房间，便急不可耐地拉开窗帘，这时他便由上而下看到了忧山的全景。他已经四年没来忧山了，当初的峨山沫水和渔舟波影，如今被一片工业废水和混凝土高楼所装饰。韩愈就是在这里播下他的爱情种子的。韩愈怀着审美的心情观看了好一阵，正准备拉上窗帘，一眼瞥见忧河对岸端坐的石头大佛，心头哆嗦一下。

大佛的头颅隐藏在高空的云雾中，泛着月亮般的暗光，像一只移动的飞碟。大佛的神情暧昧。像许多这个年龄的已婚男子一样，韩愈心里顿时生出一种神秘和忧郁交杂的感情。

韩愈还想细细看一下大佛，后者的身影却迅疾被暗夜吞没了。

想到明天要与妻子演一出戏，韩愈决定早些上床休息，养精蓄锐。虽然，他对于这出戏的结果越来越不抱希望，但他仍然期盼出现意料之外的结果。

韩愈是一个内心深处隐藏着强烈破坏欲望的人。他实际希望发生某种变故阻止他与妻子在大佛脚背的会面。

韩愈的愿望竟然成了现实。当他还在梦中时，忧山发生了很大的变故。

韩愈一觉醒来，发现周围静得可怕，这使他感到有些古怪。他在北方那座城市居住已久，那里的早晨总是无比喧嚣。但还不仅如此，因为韩愈立刻觉得这种寂静不太像是国内普通小城特有的安恬。但他也还没想到这是死亡才能滋生的枯寂。

韩愈只是思忖，这忧山的居民，已经习惯纵情良宵，过于贪恋床笫，此刻不知时光已迟矣。他看看手表，发现停在凌晨三点。而根据阳光判断，天的确不早。韩愈慑于妻子的威势和要挟，要履约于这天上午十时在忧山大佛那硕大的脚背上与她碰头，重新装一次邂逅初恋。于是，他不敢怠慢，下得床来。这时，他发现所有水电气都已断绝。他打电话到服务台，电话也不通。韩愈是知识分子，没有什么心计。他只是想到，三星级饭店的服务竟也如此糟糕，可见大道之不行久矣。转念想到在这年头，又何必生气，便打开房门，来到走廊。

走廊和服务台都空空无人。敲服务员的房门也没有回音。韩愈似乎觉得背后有只眼睛在盯着他，猛回头一看，却并没有人。只有走道尽头一束阳光竟然不打弯儿、不出声儿地穿过一扇窗户，明亮地投在地毯上，怎么看都透着一股寒气。每一间客房都紧闭着门，韩愈不知怎么便觉得，每一扇房门后面都停着一具死尸。

韩愈叫："有人吗？"

他喊了三遍，也没人回答。这时他看见墙上的一只挂钟也停在三点。韩愈心沉了一下，便回到房间。他首先把门别上，然后把窗帘拉开。天色确已大亮。忧山完完整整，毫毛无损，却像一幅余空太多的国画，让人好生心虚害怕。所有汽车都僵停着。大街小巷全无人迹。只有那大佛，仍浮在远方，作神秘状，沉默无语。

韩愈好像一个人掉入了宇宙空间漫长无味的深井。

韩愈本能的反应是出事了。居民们都死了？还是一夜间从这座城里迁走了？怎么没有通知他韩愈？要么，他们是在睡梦中凭空消失了，被劫走了？韩愈想核实这一点，证明不是白日做梦。他想下到城池中看一看到底发生了什么事。但他最后却没有勇气走出房间。韩愈感到十分不安全。

这时，门口传来窸窸窣窣的声音。

韩愈竟然不敢回头去看。少顷，那声音忽然停住。韩愈这才看去，见是一张纸条，从门缝塞入。韩愈逼视它半天，才缩手缩脚取来，见上面写着三个字：

我害怕。

韩愈辨认出是妻子的笔迹，恐惧感稍稍减轻。这时他才想到他已结婚四年，并处于感情崩溃的边缘。是妻子说服他来这座城中重温旧梦，以挽救这场人生的危机。韩愈知道妻子竟然也还活着，意识到局面更复杂了。他得应付这个情况。但他还没有在这样的环境中处理与妻子关系的经验，便先试着也写了一张纸条，从门缝塞入她的房间：

你怕什么？

韩愈的妻子很快回了一条。

妻子:出了什么事?其他人呢?

韩愈:不知道。这是一座空城、死城。

妻子:为什么会这样?

韩愈:我们被遗弃了。

妻子:我们怎么办?

韩愈:不是说好十点去大佛吗?

妻子:现在几点钟?表停了。

韩愈:我的也停了。

妻子:你知不知道现在我们是什么处境?

韩愈:知道。就我们两个人了。你不想再谈谈离婚的事?

韩愈一边传递纸条,一边拖延时间,想着如何做出决定。他最后认为他可以利用这个机会甩掉她。这个念头使他在纸条中过早暴露企图,写出了离婚那样的语句。

纸条的传递到这时便中断了。韩愈后悔过早流露了心意,便等待妻子做出强烈反应。一般情况下,她会凶悍地闯进来大吵大闹。

门果然被嘭地撞开,但韩愈的妻子没有像往日那样撒泼,只是眼泪汪汪,呆立在面前。这种超出预定程序的邂逅使韩愈大吃一惊,手足无措。他咬咬牙便道:"夫妻本是同林鸟,大难来时各自飞。你有没有听说过?"

她用可怜巴巴、他不习惯的眼神看着他。

他避开她的目光, 慌乱地解释:"我的意思是说, 你还不去逃命?"

妻子便哭出了声。

韩愈最怕的便是女人哭。心里一烦便想给她一个耳光, 但手在途中变成了去搂住她的肩膀, 说:"好了, 别哭, 那些事情等以后再说。当务之急是赶快离开这个可怕的鬼地方。"

女人却越哭越凶。她说:"你好久都没有搂我的肩膀了。听你的就是。但你可不能在这个时候甩掉我。"

韩愈心想, 她总能抓住他的弱点。他便与妻子草草收拾, 扔掉笨重行李, 仅带上钱和信用卡, 走出空无一人的忧山大饭店。正欲上路, 妻子想起什么, 说:"带没带上身份证?"他们便又回去取了身份证。韩愈想, 妻子的建议很有必要, 如果发生什么不测, 可以使亲属准确认领。

生存是一个问题, 婚姻也是一个问题。当它们同时出现时, 情况就具体化了, 韩愈想。而明确身份, 是其中关键。

韩愈和妻子走上大街, 夫妇俩都没有嗅到尸臭。他们只是不断目击黑洞洞的门户、空荡荡的阳台和冷清清的橱窗。非但人迹绝无, 连飞鸟家畜也不见了。这使两人如坠梦中。他们鼓起勇气, 到几户人家去看了一看。生活用品毫无凌乱之象，冰箱里装有食品，有的桌上还摆着吃剩的夜宵，而主人俱不知所往。如果是一夜瘟疫，也是死不见尸。然而眼前的情景却比真的直面遍地死尸还要可怕。

他们在马路上行走的时候，所有的楼群便像是空荡荡的黑森林，大佛便在一边跟进，不时从楼群间露出阴郁的脸庞，有时是通过玻璃窗的反射。韩愈无法想象这是四年前来过的忧山。然而忧山发生了意料之外的事端，这倒使他有些兴奋。心里的积郁有了发泄的出路。他甚至希望那大佛也了无踪迹，从根本上断绝他与妻子重逢的可能。

但是作为一名科研人员，韩愈的眼前也出现了现实中的巨大森林，甚至还有海洋。曾经发生过这样的真实事情：一些人到森林中探险，结果没有一个人能够走出来。搜索者也没有找到他们的尸体。一些船在航渡大洋的过程中，莫名其妙便失踪了。还有一些飞机正在飞行，忽然与地面失去联系，最后连残骸也没有找到，像是蒸发在了空气中。这些诡异的事情的确发生过，但都是在人迹绝无的地域，尚未呈现在文明的中心。有人认为这跟瘴气和磁异常有关，还有人将之与外星文明相联系。

韩愈想到这层，就不自觉往天上望了一眼。天蓝蓝的，一如往常。除太阳外，没有什么稀奇古怪的东西在上面。

他又侧头去看大佛。不巧这时它刚被楼房挡住。

"你在想什么？"妻子冷冷地问。她一贯不喜欢他独自出神。她这时已经稍微镇定下来。

"没想什么。"

"你肯定在想什么。"

"我在想这事得有个解释。"

"哦。"

她没有再追问。她好像对这个问题不感兴趣。她对荒谬的事一般从不寻求答案。这可能是普通女人的通病。韩愈夫妇缺乏交流，缺乏共同话题，常常表现在这些方面。因此，他们便只是在危机四伏的马路上默默走着。韩愈想到四年前他们也这样走过。他们刚在客栈里睡过觉，余兴未了，就出来散步，还买了一串荔枝。那水果的白汁，流满当时还是大学生的妻子红红的嘴唇，使韩愈看得全身燥热。他们当时真想一直走下去。

但是他们现在每走一步都很艰难。

长途汽车站、火车站都看过了，没有一个人。他们是不知如何开动那些车辆的。

"去飞机场看看。"

"那肯定也没戏。"

"那怎么办？"

"我们还有两条腿。"

"靠两条腿能走出忧山吗？"

妻子的语气中透露出对整个世界的怀疑。

"你以为忧山是什么？是海峡吗？"

"海峡那是跨越，不是走出。"中文系毕业的妻子说。

"不管是跨越还是走出，那都是要用腿的。我们难道做不到？真是……妇人之见。"

不知怎么竟说出了"妇人之见"这样的词语，韩愈自己也觉得十分不像。

但他忽然有些气壮。在北方那座城市，他是不敢如此顶撞妻子的。可是，此时此刻的忧山给了他勇气。他紧张地看着她。

她只是黯然道："是了，我们难道做不到？"

"你不要再胡思乱想了。我们现在需要的是团结合作而不是纷争内耗。"妻子求饶般说。

这时，韩愈觉得她有些像一个女人了。以前他一直认为她根本不像女人。

他们同时看到忧河边有一个派出所，门口停着两辆"中华"牌山地自行车。这座城市是山城，倒少见有自行车。韩愈心下疑虑。然而他却不愿多想。他们来自平原广布的北方，善于骑术，便纵身而上，开始逃亡。

这天的太阳非常毒辣, 柏油路上甩着他们缩水似的影子, 韩愈从未意识到他们的身体竟有这般卑琐。一生一世难得有这般清静。路途中, 他们极想遇上哪怕个把行人, 却满目尽是绝好风景。只见有村镇乡居, 游乐场馆; 亭台楼榭, 政府寓舍; 石林秀湖, 厂矿企业; 摩崖佛像, 外商公司; 阡陌田野, 乡间别墅。人都弃世而去。而那大佛, 随他们行了一程, 便慢慢滞后而最终看不到了。一路上, 夫妻间也没话。

傍晚, 他们面前出现了一座石桥。桥上打一横标, 上写"欢迎各界人士前来乐止县投资合作"。原来不知不觉间竟就要逃出忧山了。韩愈觉得太容易了一些。隐约见那边树影婆娑, 似闻鸟鸣。妻子这时一屁股坐在地上。她说:"我累了。再也不想走了。"

韩愈说:"不行, 我们还没逃出忧山。"

这时他心中却对忧山充满留恋。

"逃出忧山?"

妻子像学外语一样复述韩愈的话, 使他感到陌生。他使用了"逃出忧山"这几个字, 而不是"走出忧山"或"离开忧山", 甚至"告别忧山"。这是一种立场或态度吗? 忧山是危险的代名词。但韩愈感到这样的结论仍然很表面化。

他便含混地重复:"是逃出忧山。"

"那么, 就算是逃出忧山, 休息一会儿又有什么不好呢?"

妻子的声音柔软，像海妖的歌声。这时晚霞从西边化开来，点燃深不可测的三原色。周遭的稻田、树林、小桥和流水都自成格局。忧山的恐怖，仿佛正在不可避免地幻化成韩愈毕生寻找的一种美妙。韩愈心中告诫，这无非又是一个骗局，他却不能御其诱惑。那两辆拾来的自行车便在他们面前偎立。妻子以迷蒙的眼神打量它们，韩愈的心为之一动。他想到，他终于挫败了女人企图在大佛脚背上与他重逢的阴谋，但这一天他又确实与她结伴同行。这是一个悖论。两人同行这样的情形，算来已经很久没有过了。因此，他以另一种形式遭遇了失败。妻子一直善于临场发挥，化敌为友，利用危机做台阶，因此，她最终有可能成为他们关系中的胜利者。

"告诉你不要胡思乱想，你又在想什么？"乐止县快到了，果然，妻子的语气渐趋强硬。

"没想什么。"

"你是不是在想，要是我们早点儿重游忧山，我们的关系也不会恶化到这种地步？"

"未必。"

"你为什么要急着逃出忧山？"

"不是你要逃命吗？"

"谁要逃命呀。"

女人冷笑了一声，好像看透了韩愈的虚伪，同时看到了他的结局。韩愈回忆起一路上车船辗转的艰辛，想起离开北方城市时的无奈，对于忧山便愈发产生了幽幽的迷情。

他的问题在于他不知道女人把什么看得更重。他缺乏要挟她的办法。四年中，他浪费了许多时机。现在，他肯定又在浪费一个大好时机。忧山危险表面性之后的东西，可能就隐含在这里。

北方那座城市的一切现在毕竟已在感觉上很疏远了。

这时暮色沉降下来，天空中逐渐铺排上了星星，一会儿后，已能分辨出星座的形状。这星星，在北方那座城市里被灯火和废气污染的夜空中，是始终隐遁的。此时的星空似乎什么地方与平常的星空不同。韩愈妻子的脸有一半融在星光中，显出年轻的假象。出了一会儿神，这张脸依在了韩愈的肩上。他大出意料，没有能够避开，被一阵核辐射击中的感觉所袭，心里猛烈地想吐。一旁石桥的轮廓，开始模糊着后退。但这般也不能持久，因为野地里寒意已从四面冒出，竟有秋冬之交的气氛，全然不像此时的时令。韩愈逃出忧山的意志弱化了。他转眼见不远处有一个路边店，心想今晚确实也不能再赶路，便示意到里面过夜。

这店是随处可见的那种农户开的小饭馆，兼做客栈，主要招待长途汽车司机。里面也停电了，一片黑暗。他们招呼一声，没人响应。所幸，他们还是找到了一根蜡烛，一包火柴。又凭它们找到了一些冷食。两人胡乱吃了一气，又找到一张较干净的床铺。韩愈犹豫着，心想他们很久都是分床睡的。

但是在这个夜晚,韩愈与妻子树藤一样缠绕在一起。他吻她全身,打着抖。他们已经很久没有同过床了。韩愈正欲行事,却见一束星光猛然从窗外刺入,像一道刻薄的眼光,洞察他们的全部行为。韩愈顿然不行。

"睡吧。"韩愈沉闷地说,好像一个童男,为自己初尝禁果时的无能感到羞涩和不安。然而他随即振奋地想到,他居然在最后一刹那抵御住了女人的诱惑,避免了重蹈四年前忧山小客栈中的覆辙。

他们还在忧山啊。

这时,韩愈忽然忘记了自己所来何处。

女人又开始抽泣。这种抽泣韩愈以前也曾听到,一如竹箫。

半夜,韩愈被强烈的感觉拽醒。窗外一颗星星好大好大,正用光芒狂吻他的脸。星星怎么可能有这么大呢?而且那光芒吻在脸上,确实具有针扎的实感。昨夜就是这颗星把眼光探入的。韩愈心里一惊。这时发现妻子不在身边。他叫了一声她的名字,没有听到回答。

韩愈凑到窗口,看到外面广阔的田野被星光映得雪亮。巨幅的夜空好像正在熊熊燃烧。他冲出房间,看见小石桥上磷火闪闪,停在门口的自行车已经不见。白亮刺目的夜雾中,似乎有一个黑影在田野间飞跑。好像是人，又不是人。他朝那东西追去，又唤了一声妻子。那东西不回答，只一颤，便消失了。韩愈心中奇怪而恐惑，折回屋里，却见妻子正坐在床上，黑暗中他看不清她的脸。

韩愈狐疑地问："你刚才去哪里了？"

女人的回答充满戒备："睡到半夜，我想起没有关门，便去关门了。"

韩愈问："又没有人，为什么要关门？"

女人狼一般盯着他不说话。

韩愈说："我刚才叫你，你怎么不回答？"

她说："你什么时候叫我了？"

韩愈想继续询问，却咽回了话语。他看看床，上面只有他睡过的痕迹。她似乎看穿了韩愈的心思，便作冷笑状。

"这几分钟，你以为我干了什么见不得人的事？而我还没问你干什么去了。"

这时，窗口的星光暗淡下来，不再有惊惧的景象。韩愈感到自己好像在遥远陌生的行星上跋涉。他淡淡道："再睡吧。"却都再睡不着。他有些后悔昨晚没有坚持赶路。他开始琢磨自己潜意识中的疑问。为什么所有的人都失踪了，唯有妻子还紧跟着？

想到这一层，他忽然坐起身，说："不要再睡了，我们立即上路。"

妻子说："要这么着急吗？乐止县就在对面。我们又不是遭到通缉。"

韩愈一震，想起北方那座城市里发生的往事。他喃喃道："你怎么知道不是呢？"

"是了，我们也许是在做梦，也许是被洗去了记忆，也许，我们根本就不是夫妻。"她用嘲讽的口吻说。

女人对韩愈的要挟是从一年前开始的。她威胁说如果他不再爱她，她就要把她知道的一切告到他的单位去。韩愈开始以为她仅是说说而已，后来逐渐明白她的确掌握了不少内情。她是怎么知道的？他一直没有打探出来。或者，妻子在这事上使用了反侦查术。他们仅仅是名义上的夫妻，这种可能性是存在的。她可能是公安局的一名干部，一开始就用美人计打入了敌人内部。她在等待获取最后的证据，然后就把他送上法庭。从那时起韩愈重游忧山的意念便日益强烈。他只是在她允许的最大限度内更加疯狂地逃逸。她却先人一步提出了重游忧山的方案，这是她的过人之处。韩愈便不得不逃出忧山。

韩愈再度不寒而栗，为了开始一轮新的逃亡，他把话题引向另外的方面："你有没有去想这么一个问题，就是昨天我们走了一天，连一个人都没有碰到。"

"这是因为我们身在忧山。这里出了怪事。"

"如果忧山出了怪事, 人都平白无故消失了, 那么忧山附近的人呢? 比如这个乐止县的人呢? 还有其他地方的人呢? 全中国的人呢? 全世界的人呢? 他们还在吗? "

"跟你老婆说话, 你最好不要夸大其词, 也不要以点代面否定一切。"

女人试图阻止话语流向她不熟悉的领域。韩愈看出来了, 便决定坚持他的思路。

"你瞧, 我们才好了一会儿呢。我只是在分析情况。你想一想, 我们走了一天, 连一个人也没碰到, 如果仅仅是忧山出了怪事, 别的地方好好的, 那么, 它们的车该往忧山开呀, 它们的生意人该到忧山来提货呀, 它们的旅游者该到忧山来看大佛呀, 还有它们的官员, 也该到忧山来呀。至少, 它们该派人来看看忧山出了什么事。可是, 一路上我们没有遇上这些人。"

韩愈的妻子便讥笑了。她说:"你真是在象牙塔里待久了。现在这个世道谁还管谁呀。也许正是知道忧山出了事, 大家就都逃得远远的了。"

韩愈便愈发装得严肃,"话不能这么讲。灾难的范围可能不只限于忧山——我现在说是一场灾难了, 一场世界上最顶尖的科学家也没能预报也无法解释的大灾难。我们只能拼命赶路, 直到遇上救援的队伍。这是从我们自己得救的角度讲。我们必须赶快去到有人的地方的另一个原因是，我们是这里幸存的见证人，我们得向公众报警。"

"雷锋。"她冷冷道。

而他的神态的确很像么回事，使她最后也吃不准了。女人一涉及非人文的问题便感到头疼。她只好勉强同意前行。韩愈寻思她已中计——从婚姻的领域逃入了生存的领域。

韩愈在屋中找到一台半导体收音机，发现里面带有电池。他试了一试，它竟然能响。韩愈已有一天未听到人类的声音，此时精神一振。他调动频道，寻找那些仍在播音的电台。他收到了附近的县台、市台、省台，然后是远方的中央台和外国台。它们都在播放同一个歌星演唱的时下最走红的一首曲目。

"这表明世界仍然存在。"

韩愈向妻子指出。

女人说："那太好了。"竟有一丝不悦的表情。

韩愈想起他昨晚好像忘了什么，又问："你还记不记得我们来的那座城市叫什么名字？"

她奇怪地看了他一眼，不情愿地吐了一个音节。

韩愈恍然大悟。

韩愈又听了听收音机，估计了一下，说："往北边走。至多还有几十里地，可以到达有人的地方。"

两人便带上收音机，循着电波指引的方向，走出客店。但就在这一刹那，韩愈心中浮上疑虑：为什么没有一家电台报道忧山发生的事情？为什么所有的波段都只播放一首流行歌曲？然而眼前更为惊异的景象却不允许他再想别的。他们一出门，便看到了只有在忧山城区才能看到的石头大佛。

小桥和乐止县的标志消失了。代替它们的是忧河。大佛就端坐在忧河彼岸的忧山山腰，它是重显法身。韩愈转头寻找昨天逃离忧山的公路，却哪里还有。夫妻俩又回到了忧山城中。或者，他们走了一天，根本没有逃出忧山。可是，这又不像是忧山，房屋和街道显得破旧。韩愈怎么看都像四年前的忧山。忽然，妻子惊呼："看后面！"韩愈回头看去，见刚才离开的客店，容颜不知什么时候已然改观，分外眼熟，却不是昨晚他们暂栖的路边店。韩愈大惊。

妻子说："怎么回事，明明都快逃出了忧山，如何又回来了？"

韩愈心中电光石火：这世界上本无出路。而那两辆忽然呈现的用来让他们逃命的自行车，其实早该让他醒悟了。想一想，它们为什么会停在派出所门前？

"我们一定是，"韩愈指出，"走进了一个圈套。"

至于考虑这个圈套是谁设立的，就如同他们走这路程一样，无法避免盘陀。女人是没有本事预谋这一切的。除非她根本就不是人。

当然，不排除这种可能，就是她是生活在地球人中间的外星人。但这种可能性是微弱的。然而要完全归于自然因素的话，又无法解释他们夫妻二人的独存及那两辆好像刚好是为他们准备的自行车这类怪事。换句话说，不是他们被忧山遗弃，而是忧山为他们而设立。问题也许就应该反过来问了：他们两人是什么人而不是设圈套的是什么人。

可是，这时收音机中的声音忽然减弱，然后呜咽一声便消失掉，打断了韩愈的思路。他慌忙调动频率。于是收到了更远处电台的广播。近处的台却怎么也找不到了。这预示他们的行程将更加漫长。韩愈的妻子又哭了起来，声音明明近在咫尺，却又像来自极远，难听极了，像一个人被闷在瓷缸里。韩愈吓得倒退几步。他再次打量忽然陌生起来的妻子和好生熟悉的客店。这两件事情叠加在一起令他十分不安。他们进到店里。那似曾相识的感觉愈加厉害。天下居然有这种事情！

韩愈对妻子说："记得我们初识的日子吗？"

她说："一九九五年六月九日。"

韩愈一指桌上的台历："你看那里。"

上面翻到的那页上写着：一九九五年六月九日。

女人说："四年前的今天，我刚在这间客栈的服务台登记完，便看见你进来了。尽管你穿着一件名牌T恤和一条名牌短裤——什么牌子我忘记了,但我第一眼根本没瞧上你。"

"原来我们不是在大佛脚背上见的第一面?"

"当然不是。"

"对了。在大佛脚背上,我只是劝你不要轻生。那时我刚做完毕业论文,便出来周游世界。现在想想,遇上你真是倒霉。"

"你后悔还来得及。"

韩愈又看看日历。他在想妻子说"还来得及"的含义。但她好像只是顺口说说。但其中又包含着一个极可靠的事实。

韩愈走到服务台前,看见他俩四年前住店登记的名字,墨迹尚未干。但是服务员一个都不在。随后他们上楼,在曾经住过的房间门前待了一刻,便去推房门。门没锁。床头放着四年前他们携带的行李,不着灰尘。

韩愈忽然害怕会遇上四年前的他们,这将导致何种物理和感情事件发生?但一切静悄悄,什么也没出现。韩愈担心中竟又有些失望。他打开他的旅行包,发现里面一件东西也不少——包括那篇论文。

妻子说:"我其实知道你一直在胡思乱想,甚至以为是我设下了阴谋。现在我可以告诉你出了什么事。"

妻子讲述了一个故事,前半段是韩愈这一年来反复聆听的。在北方那座城市里,她每次几乎是强迫他听,然后逼他说出感想。

她说:"四年前,一个年轻的控制论博士研究生搞出了一种理论。理论的草稿形成了一篇论文。可是没有一家刊物愿意发表它,也没有一个专家愿意瞟一眼文章的标题。这我说得没错吧?"

韩愈说:"你说得完全正确。"

她接着说:"一气之下,他便带着这篇论文到忧山旅游。那时他对一切权威满怀愤怒。他对现代物理学感到困惑。他不满麦克斯韦方程组无法解释光的粒子性。他认为光的本性至今仍是一个悬案。他对爱因斯坦的狭义相对论不讨论超光速现象感到痛苦。他对毕业后的前途深觉渺茫。他对社会的不公正充满愤慨却无能为力。在学校里,他以救世主自居,处处助人为乐,而从不去想自己倒是最需要救援的。最后其实是一个女孩子安慰了他空虚的心灵。是这么一回事吗?"

韩愈道:"也许是的。但那研究生也阻止了她去当尼姑。"

"不管怎么说,最后是女孩付出得更多——在这类事情中,女人总是牺牲品。她不但安慰了他的心灵,还支持他继续他那古怪的研究。这才使他能把所有精力和兴趣投入在那种叫什么物质波的东西上。这人很聪明,不愧是高才生,没事还爱钻研古籍。他断言中国的道家和儒家洞察了宇宙的实质。由于他的本行是控制论,他开始认为,任何稳定存在的物质系统都是由相互对立又相互依赖、不断变化、向对立面发展的控制和反控制力量作用的结果，这正是东方哲学在现代科学中的还原——我要有说得不对的地方你替我指出来。你知道我是学文科的。"

"你对科学有一定了解，虽然在表述上有些不精确。"

"我接着讲吧。有了这些基础，他发现物质波实际上是时空场振荡波。各种基本粒子都是时空场振荡波，只是各自的频率构成模式不同罢了。人的存在是一种时空场振荡。思维也是一种时空场振荡。世界其实也是一种时空场振荡。因此，一旦振荡的频率调谐好了，物质便可以在各个时空中搬运转换。可以从此空间进入彼空间，可以从此时间进入彼时间，可以从低维世界瞬间切入高维世界，也就是从普通人的眼中消失。反过来，不存在的物质可以制造，不存在的世界也可以制造，连人的思维也可以制造。一切取决于频率。"

"当时我只是想，如果这一切能实现，世界就不会再有不公平。"韩愈感慨，"你还可以说慢点儿，我听你快喘不过气来了。"

"他决定要掌握这种法力。他集合了一批志同道合者——包括几名特异功能志愿人员，利用公家的实验室偷偷进行研究。他们不敢公开，因为这个成果必将动摇整个社会秩序。而且更要命的是，他们把国家每年拨给实验室的专用科研经费用于这个私人的目的。这时他们遇到了困难。理论很难转为实用。"

"是的。当时我们用强磁场来转换时空，没能成功。"

"后来他们还是找到了突破口。把一些物理式子推广后证明，电磁波与时空场可以互换，是统一的。时空场具有能量。时空场或时空波就是引力场或引力波。他开始引入引力的概念。这太重要了。四年过去，他基本接近了目的。但他却冷淡了他的老婆。这是不是所有科学家的通病呢？他决定先安内而后攘外。这个没良心的东西。却没想到女方死活不愿离婚。两人便这么耗着。没有意思。"

这些话的大部分，特别是那些理论部分她是绝对不懂的，对于这个文科生来说这还是一种折磨。但她每次却能背书一样背出，一字不漏。为了使韩愈感到羞愧，为了使他做出忏悔，她委实让自己吃尽苦头。韩愈能够想象到她一点一滴下苦功搜集有关他的情报的情形。

故事的后半段便是妻子提出到初恋处重温旧情。妻子指出，忧山的一幕是时空场振荡的一次现场表演。

"你认为是我导演了这场引力的游戏？"韩愈阴沉地说。

"以你的道貌岸然，这不是没有可能。但我认为你们目前的技术水准还没有高超到能影响忧山这么大一片地方的程度。因此，这完全是自然界的变故。正经八百是天谴。"

"有意思。地球进入了一个引力紊乱点。紊乱发生在忧山。千载难逢的机会。由于极其偶然的原因，在别的人都消失之后，唯独韩愈和他的老婆未能切入正确的频率，因此有机会在局外目睹了这桩奇事。你是不是想这么说？"

"韩愈是不是应该留在忧山继续观看和体验？这其实才是他面临的最大选择，而不是离不离婚，因为他心中根本没有老婆。可悲的是，他从来没有意识到自己的真实想法。"

在北方那座城市里的时候，韩愈每听了妻子的讲述，便俯首听命。因为她总要加上一句"否则就到单位揭发你"的威胁。

"不管这是不是一个阴谋，你都跳进黄河也洗不清。你的所作所为是在颠覆现存社会秩序。"她总这样说。

"但尽管到了那一步我也不会同你离婚。我会到监狱给你送饭。"她这么补充，"让你尝尽爱情的折磨。"

她总是把他们的婚姻与社会的稳定联系起来。

然而，这时的韩愈与城中的韩愈不同。社会已然在忧山遭到瓦解。因为环境的暗示力，他跃起反驳："忧山的事跟我们在大学里弄的不一样。一般来讲，在实验室中，振荡持续的时间不会太长，隐形的人很快就会重现。可是，忧山的事件，完全没有要终结的迹象，而且似乎还在恶化。这么发展下去，整个世界将会变成一座石巢。我怀疑有一个特异功能大师在操纵，而且他肯定是来自另外一个星球。他看到地球人太多了，大家又不和谐，就让他们失踪。我敢打赌，大家都是一对一对被变走的。一个星球只分配一对男女居住。也许现在正有好多人像我们一样拿着收音机在收听其他世界的消息呢，其实大家互相之间已没有关系。他是不会把人变回来的，让大家重又彼此看着厌烦。你好好想想，为什么世上刚好只余下我们呢？这是怎么选定的呢？为什么所有的新闻媒介都对这里发生的事不置一词呢？这难道不是人为的吗？这难道不是一个圈套吗？什么地球走进了时空紊乱点，你们学文科的懂什么。"

这一席话说得女人冷笑。她不留情面地指出其中的问题："你是不是害怕让我们在这里做亚当夏娃？"

韩愈勇敢地接受了她的挑战。即便在北方那座城市中，他也并没有回避过两人单独相处。

"如果这是对我这几年搞阴谋的惩罚，那只好认了。好在这里什么都有，吃的、穿的、用的、住的完好无损。这座城市虽然小了一些，但完全由我们两人支配。清清静静，无人打扰，不也很好？你自可以做女皇。如果闷了，还可以到别的城市去休假。我想我们首先要设法恢复能源供应。有了能源一切就好办。只是有两个问题：第一，生了病，没地方看医生；第二，要离婚，没律师办公证。"他说。

"你的幽默太缺乏责任感。这是你失败的原因。你知道我说的责任感是什么吗？"

"我知道。是生育。"

韩愈为自己的直觉吓了一跳。他已察觉到她统治人类的野心。

因此她要重新恢复整个秩序，包括人的存在与活动。

慢着。这种事情似曾经历。但韩愈记不起是在何时何地了。

作为科研工作者，韩愈不甘堕入这种亚当夏娃式的俗套。在他居住的那座北方城市，堕胎和不要孩子都是很流行的事情。

由于妻子的步步紧逼，韩愈已经起了杀机。

在北方那座城市，杀人是一件需费斟酌的重大事情。但是在忧山，则变得容易得多。在出现了特殊情况的忧山，则几乎不算一回事了。

比起离婚，这才是一劳永逸解决问题的方法。

这时太阳已升。韩愈感到饥饿，暂时中断了那危险的想法。妻子像洞悉其心，说她去做早饭。找了一阵，又只弄回一堆生食。她说："真要持久战，可不能这么将就。我再去集一点儿柴火，你待会儿用火柴点燃了，再做饭。"便出去了。

这一去，就再没回来。

她是逃走了，韩愈想。

繁衍人类后代的假说是不是她转移他注意力的一个圈套呢？

妻子的失踪使韩愈如释重负。但他仍然装模作样寻找了一会儿。他对这里的变故得失已心下泰然。这正应了那句话，该来的，总要来。他知道正有一双眼睛在冥冥中注视，但他装得浑然不知。

他一人乐得自由自在，在街头商店寻到了关于大佛的说明。

他发现最新的旅游手册都是一九九五年的版本。当然也许是自此之后便没重印。或者，新版本都让游客——甚至那个神秘的操纵者——买光了。这忧山城本是那人的道具。甚至韩愈的妻子也不过是一个道具。

这就是说有一个遥控妻子的人。她的情人？韩愈忽然想到这层，浑身充满对破译悬念的亢奋。

他接着设想下去。妻子因为与他感情不好，另外找相好也是有可能的。那个家伙甚至可能懂得引力波的事情。推理下去，甚至他可能就是他实验室中的同事。

那么，妻子说的这忧山是一个振荡的结果也便有理由成立了。有人在他旅游时制造了这么一个实验。妻子则起到了诱饵的作用。他们用引力波的链条把他锁困在这里，便可以在外面行他们的好事。

因此，当生存的危机再一次蜕变为婚姻的危机时，逃出忧山便成了绝不可能的事情。他早应想到这一节。

这就齐了。

韩愈无聊已极。他便细细阅读关于大佛的文字，就像一个身陷囹圄的大侠一样，想象从中能读出暗藏的武功秘诀。

忧山大佛始凿于唐开元元年（公元七一三年），相传为附近摩云寺名僧惠通为减杀水势、普度众生而发起凿造。据说，当时募集人力物力远达江淮流域，唐皇亦赐盐、麻税款资助营修。但像未成，惠通即害怪病忽逝，死时全身皮毛脱落，躯体臭不可闻，全无有德之僧圆寂之象。工程于是中断。之后，江心不断有神秘游火出现，当地人呼为"鬼灯"。贞元初年，韦皋任剑南节度使，大佛才重得凿造。此时"鬼灯"不复见。至贞元十九年（公元八〇二年）大佛竣工，共历时九十年。当时彩绘金身，并覆以十二层楼阁（旧称大佛阁，宋称天宁阁），金碧辉煌，惜明代毁于兵火。又一说是神秘天火。

数百年来，中国西南诸省战乱频繁，大佛历经沧桑，全身百孔千疮，杂草丛生。二十世纪五十年代起，政府开始逐年维修，大佛原貌逐渐恢复。一九八二年由国务院批准为全国重点文物保护单位，并成为重要的旅游景点。此大佛，依崖而造，为弥勒坐像。通高七十一米，头高十四点七米，直径十米，有发髻一千零二十一个，耳长六点七二米，耳窝中可并立二人，鼻长五点五三米，眉长三点七米，眼长三点三米，肩宽二十四米，手中指长八点三米，脚背宽九米，长十一米，可围坐百人。大佛头与山齐，脚踏大江，古人称：山是一尊佛，佛是一座山。大佛体态端庄，雍容镇定，为中国石造像之最，且是世界上最大的石像。

二十世纪八十年代后期，又有人发现，大佛所依的忧山，其形状远看其实就是一尊绵延四公里长的巨大睡佛。巨佛浑然天成，佛头、佛身、佛足形态逼真,惟妙惟肖。忧山大佛正好雕凿在巨佛肩部的深坳之处,正应了"心中有佛"和"圣人出世于腋"之说。至此,佛的分量又被加重,佛的存在进而成为冥冥之手的一链,人工斧凿无非是一种时候到了就不得不表现出来的形式罢了。

韩愈循着旅游说明走向大佛。他还记得与妻子在脚背上的邂逅之约。然而一切约定都恍若隔世。

此时他眼中的大佛,却是腰缠青藤,腹被碧苔,浑身散发出泥石腥腥的气息,面目慈祥,如一位老妈妈。她使人感到,忧山并不是一个阴谋。

然而韩愈还没走到大佛脚下,已疲倦不堪,便步入一处民居,昏沉睡去。他不知睡了多少时日,醒来时已然忘记了经历的巨大变故。他始觉得,这一切是注定要发生的平常之事。这个感觉,使他模模糊糊意会到自己是什么人。但再往深处想,又不清楚了。

这时外面传来轰鸣。他平静地看去,见忧山正发生第三次翻转。所有建筑都在坍塌,街道上布满瓦砾,好像地震来临。他睡觉的房屋也摇晃不止。求生之念使他夺门而出。刚出门,建筑便一块块剥落下来。但奇怪的是,没有冲天而起的烟尘,那废墟的质地,有异于钢筋水泥或砖瓦木石。他歪头凝视有顷,拾起一块残片端详。这东西极轻,如纸般白,而又具备纸所没有的坚韧,似是非人间能制造的某种合成材料。他又取了其他物件,见也都一样。立柱、门窗、水管,乃至茶杯, 都是用这种 "纸" 一样的东西构造。

韩愈不解, 是空间再次发生转换, 把他搬运到了另一座用他种材料筑就的忧山, 还是这才是真正的忧山, 而以前的是假象骗局? 也许忧山本就是纸片糊成, 而它一直假也假得那么真实和迷人, 使千万人竟然一点儿看不出感不到这简单而明显的欺诈。

他桀桀笑起来, 笑了一阵, 心里烦恶。笑声奇怪地传不了很远。

他随身携带的收音机埋在了废墟中, 闷声闷气仍在作响。电台还在播放那一首金曲。他们仍然对忧山发生的一切装聋作哑。这电台的声音一会儿后也中断了, 不知是电池耗完, 还是电台所在之地也开始历经崩坏。韩愈此时已无前些时日的惊恐惶惑、患得患失, 只是生出了隐隐的百无聊赖, 便在这城中游走起来。他潜行在这滑腻丰腴的城市残体中, 渐渐竟感到这毁灭的静美, 便再添加了一分观赏的心情。

这么走走看看, 不觉中来到忧河岸边。那大桥尚未崩坏, 似乎为了韩愈的到来而专门留下了。他一眼看到了对岸端坐的大佛, 它依然故我, 他心中便若有牵挂, 梦游般踏上桥面, 向它走去。

刚抵彼岸, 回头一看, 那大桥正在纷纷坍落, 叶片一样坠入水中, 却不激起一星波澜。

不一时, 韩愈已到达忧山脚下。原来, 要至大佛身, 需从忧山西侧攀上。他便拾级而上。一路上风光绮丽，又是换了一个世界。林木幽深，江河疾驰，气息清新，自有一番游趣。

转过一道山崖，见一碑，他读之，为："少年不愿万户侯，亦不愿识韩荆州。颇愿身为汉嘉守，载酒时作凌云游。"竟为苏轼所作，墨迹尚未晾干，书写之人似乎刚刚离去。韩愈暗自称奇。

又往上行，见一独亭，迎风而立，若处子状。韩愈入内少息，见山下大江翻澜，树木曳烟。亭内亦有一碑，上书："是邦山水窟，领会得佳处。山回如可招，水集若人赴。竹叶溯江船，春莽隔烟树。"为陆游诗。

韩愈有世外桃源之感，精神益爽。奋力续行，前面耸然一大寺，原来便是摩云寺。当初倡修大佛的惠通和尚，便修持于此。此时，寺中绝无人迹。他入得山门，见台阶竟一尘不染，来往之人，似乎都不留痕迹于世。进入天王殿，见那四大天王，竟也崭新。

通过殿堂，后面已是弥勒殿。雕梁画栋的殿堂中央，镀金佛龛内供奉大肚弥勒，两翼是四大金刚，体态高峻，神灵魁威。金地黑字的刻花柱联，韩愈在别的庙宇中也曾见，是为："深具慈忍力大肚能容容天下难容之事，广结欢喜缘开口常笑笑世间可笑之人。"横匾："记别当来。"

弥勒座后是韦驮像，像前也有一联："宝杵犹存纵经劫火洞然这个金刚常不坏，铜炉宛在因此信香无闻庶几绀宇又重新。"韩愈愈发有所感悟，触动心事。

出弥勒殿，来到大雄宝殿，正中供奉过去、未来、现在三世佛。韩愈觉佛身有异，细观之，见金身衣褶里，竟长满三叶虫化石。而佛像大面上，则看不出名堂。

他出得大雄宝殿后门，当下大吃一惊：眼前竟有一支巨大的火箭倚靠在发射台，傲然欲升空状。细看之，却是大佛依绝壁而立。此时韩愈伫立山顶，已与大佛头顶平行。面前出现一道九曲石质栈道，蜿蜒而下，像蛇般绕大佛的身体右侧。这原是供游人取道大佛脚面的路径。

韩愈便探手探脚而下，偶尔俯视，兀是头晕，便觉大佛嘴角露出讥笑之迹。大惊之下，那痕迹已是不见，佛只是正经庄严。这佛像身上的泥土之味却已渐淡，空气中竟慢慢弥漫开一股铁锈气息。气息时浓，带有腐蚀性，兼有尸臭感觉。韩愈呼吸亦觉艰难凝滞。仔细辨别，味道似来自大佛身体。

正疑惑间，只见佛身表面泥石忽然层层脱落，竟如蜕皮一般。大佛原来竟也是假的。最后露出内里的腔子，便是无数的金属网络织就。韩愈看见，有许多流质在每一条路径中流动，某几处已流动缓慢，甚至停滞不前。这里的金属线路便发出难看的颜色。气滞点又慢慢波及别处，使能流的回转越来越慢。整座岩壁便像浮肿病人一样暴胀起来，青亮透明。

韩愈隐约看见，石壁上的金属网络间，竟有群星偶尔凸现，先是点点星光，后来便大批汇集，并缠绕旋转如涡。韩愈感到那物质富集处散发的巨大引力，已是身不由己，失足向岩壁坠去，心中却毫无恐惧。在接触石壁时没有意料中的碰撞，而是毫无阻碍便进去了。那里面是大片虚空。

他心下顿然明白，口中"哦"了一声。星光倏然而逝如糨糊。韩愈再睁开眼时，已是在大佛的位置上。转换只经历了百万分之一秒。他知道他已不再像人类一样观察，而是能如大佛一般看见过去、现在和将来了。韩愈幡然了悟，原来自己就是这个大佛哩，先前倒不曾知道。

一瞬间，他对这个转换十分迷惑，而又悲喜交集。刹那之前，他还是一个普通人哩。现在就像那个神话中的贫困渔夫，一夜间过上了龙宫中的荣华生活。韩愈无法选择自己在因果之链中的位置。他于是鼓起勇气用一双污浊的心眼看去。

大佛先看见的是脚下的这座名叫忧山的小城。所有的建筑都还原为"纸"的材料。人丁消散仿佛已经很久了，哪里是近些天里的事情。然后，他的目光越过忧山，看见了附近的几座小城，它们不过是忧山的翻版，不值得过多关注。它们背后屹立着那座佛教名山，亦是十分的冷落虚伪。大佛于是稍一抬眼，看到了远方的省城。

他没有见着芙蓉花的笑靥。而那里曾经有美丽的姑娘夜夜守候在大酒店门口，期盼有人把她们引领进去；那里还有过集市和广场，让步履懒散、女声女气的男人们迷惑不解；那里也曾出产恐龙、道士、诗人和幻想。但这一切烟消云散了。他不满足，向更远处望去。他看到东西南北的城市，都一样的没有生气。接着，他透视到历代帝王的陵墓，原来都是空的……当他看到城池西郊一座巨大的实验室时，不由得一惊，生出一阵惋惜和伤感。实验室中灰尘重叠。

他的目光越过那些长城，那些山脉，那些河流，那些沙漠，还有那些岛屿和大陆架。他没有看到人类之外的其他种族在活动。他掠过大洋，搜寻别的大陆。他仍然没有发现任何生命的迹象。他去看整个宇宙，知道它的确不存在很久了。

原来他即是佛，而佛又是谁？这个问题其实存于心也已很久了，而他竟然多年来糊涂忘却，没再追究。

这时便有一个声音传入他的内心。他四周看看并无人迹。可那声音确乎十分真切。它细声细气说："想知道是怎么一回事吗？"

大佛已觉四大皆空，心绪寥落，便说："不想知道。"

那声音说："难道你不想知道你是谁？"

他知它能洞察心扉。但他仍然固执地拒绝。那声音又说："世界消失了，还可以再建一个假的嘛。干吗这么灰心。"这话已是诱惑的语调，唤醒了他的一些记忆。大佛尚未远去的最后一点尘心微动，便说:"你讲一讲。"

那声音咻咻一笑,说:"那你听好了。很久以前,有这么一个世界,它有几十亿人口,几千年文明。它自然是物质丰裕,生活富足。人们甚至开始步入太空。但也像任何古老的文明一样,生活中充满尔虞我诈、血腥杀伐。有一天,它终于也走向了没落。尽管没有人相信悲惨的结局终究会来,但当地狱之火蒸腾,血肉横飞,万物崩坏,人们才意识到他们的脆弱,才后悔当初为什么不这样,为什么不那样。可是一切晚了。"

大佛默默听罢,笑道:"这是老掉牙的故事。你到北方城市的街头去看看,每一个书店的柜台上,都有这种警世喻人的卡通读本。"

那声音说:"那些书都是你编的。因为故事的确发生了。"

大佛始正色道:"我佛慈悲。我没有必要骗人。"

那声音又说:"是的。因为你原来是那个世界中的一员。"

"那又是怎么一回事呢?"他开始有了一种预感,不再矜持。

那声音继续讲述:"那世界的确崩坏了,但也非一切都被毁灭。寂静降临后,只有一个意识幸存下来。那就是你。你在这个冷清的世界上游历,就像你刚才一样,感到没有一点儿意思。你几次想自毁,但又胆怯,更主要的是你不能免俗——你太留恋那个光怪陆离、热闹繁华的世界。你审视自身,发现世界为你留下了唯一的法力。你开始用这种法力来重造一个世界。我现在不说这法力是什么,因为你其实是一清二楚的。当然，这重造的世界不是真的，而是一个缩微公园。所有的物质包括血肉之躯，都是赝品，但又能以假乱真。这没花你多少时间。生活便重新喧嚣起来，历史便再次发展起来。至少对于你来讲是这样的，而且也只是对于你来讲才是这样的，因为你原先的世界上，再没有第二个人幸存下来欣赏这件作品了，自然也就没有人来揭穿你的把戏。"

大佛起劲地搜索自己的内存。世界起源的这一说法与他既有的知识体系不能印证。他只好问："后来呢？"

"后来，你耽迷于你的公园，得到安慰。但静下来心中也不免有些遗憾：这不过是一件玩具。于是你想到要寻找真实。办法后来有了，那只能是丢弃你的造物之躯和你造物者的意识，让自己变作那骗局内部的一部分，加入那假造的生活。你把自己降格为一个虚拟小人物，你跟你那些赝品毫无分别。你甚至跟他们交友结婚，生儿育女。唯一的区别是你设立了让自己死而复生的程序，每一次转世都不再记得前生。你对这自欺欺人的生活信以为真。"

大佛说："阿弥陀佛。这就是人类的历史？作为物质运动的一种结果，感觉可以欺骗，更可以伪装和制造。我记起来了，这是我原先那个世界的技术尖端。只要选准振荡的频率。那么我是谁呢？哦，想起来了，但还有些模糊。我是那个文明遗留下来的一个超人吧？还是一台超级计算机？是一束思维能量？或者是一个智能时空？

必是其中之一。"

那声音冷冷地传来:"那又有什么区别。反正,千百年来,你已坠入长梦不能自拔,所以你才能说出没有必要骗人这样的话来。你根本不知道一切是假象。可是,"那声音变得狡黠起来,"你没有想到,就在你设立的一九九九年,你假造的世界上忽然弥漫起怀疑气氛。甚至你也加入了怀疑的大军,怀疑起一切——包括你为自己安排的又一场婚姻。而你却没意识到是怎么一回事哩,还傻乎乎真到忧山来。"

大佛笑了。他说:"我的确已把这个世界当作真实的存在。现在我记起来了,原来我是以忧山为中心构造骗局的。可是,我本已开始逃出忧山……"

他吃惊地顿住。从技术上来讲,他设计的世界并不会走向灭亡,因为它是假的嘛。假的便不存在,又怎么会灭亡呢?他的知识体系中没有这个逻辑。因此他忽然疑惑丛生。他觉得对方的声音非常熟悉,对话的程序也似曾相识。但他已置换掉了凡人之身,便再也难记起。他警惕地说:"这些都是你搞的鬼吧?是你揭穿了这骗局?你哪来这种本事的呢?你是谁?你不是我那个世界中的人吧?我是该感谢你还是要憎恨你呢?是你促使我逃出忧山的吗?你说这些,莫不是要逼我惭愧吧?以前只有我妻子才这样做。但现在她失踪了。"

他开始想他为什么要来忧山，越想便越多困惑。

那声音沉寂了，像是感到有点儿理亏和心虚。一会儿后，它又哧哧地笑起来："你开始怀疑我说的这些是假话了。看来我造假的能力没有你在行。如果你真这么想，那就别往心里去，这一切不是真的。你干吗要造一个假世界呢？跟你开个玩笑也当真。你就是太认真。我给你出个主意，你可以当我刚才说的那些都是我那个世界的旅游指南。"

它那个世界？还有一个世界？世界不是已经不存在了吗？

这种说法复使大佛毛骨悚然。他拿不准到底孰真孰伪了。他又一次觉得那声音很熟悉。他心中烦闷，便说："讨厌！走开。"

声音却不回答。这时周围的空气开始燥热，跟着便燃烧起来。

"纸"做的忧山烧起来很痛快，火焰也扩大到这个世界的一切物质和精神领域，包括大佛的身体和大脑。

他看见一张脸浮在火焰中，嘴角挂着一丝讥笑。韩愈妻子的形象在一滴滴坠落的星光中逃出忧山。

他急忙叫她："喂，你等等！"

她只回头看了一眼，便逃得更快了。

韩愈看见天外真的浮着一小片肉虫一样的银河，是那么肮脏猥琐。他的妻子全身泛着奇异的亮光，朝它逸去，不久便与那片银河融为一体。他始知天外有天。

火焰烧到痛处时，韩愈大叫一声。

这一声大叫，使他从混沌恐怖中挣扎出来。身上还有烈火灼烧的感觉。眼前的东西渐渐清晰了：一个巨大的沙盘，上面是一片冒烟的余烬。但依稀可辨，这原来是一个用合成材料建构的城市模型。忧山。实验室中的忧山。他的意识刚才就在这人工的环境中漫游。满屋穿白色工作服的人在奔忙。有的人提着泡沫灭火器。还有人忙着把缠绕连接在韩愈额头和身体上的一簇簇电线和感应器解开。有个男人凑上来问韩愈："您没事吧？"

这人的嘴巴发出一股电线烧焦的气味。韩愈想了一下这个人的名字，但没有想起来。

韩愈警惕地问："今天是哪一年，几月几号？"

那人像没听见他的话，故意转过身朝着别人说起了另外的事情。

韩愈犹记得刚才的经历，皮肤和心灵仍旧火燎般疼痛。他转眼看看落地玻璃窗外。校园中男女学生正小动物一般拥出教室来到操场，远处一片片摩天大楼在蓝天下纹丝不动，好像原始森林。这是这座城里他熟悉的景物。

同事们仍在周围唠叨："您没事吧？刚才，第七管道发生短路，引起频率振荡失谐，出现火情。根据实验章程，怕发生生命危险，我们关闭了引力堆。您已经逃出了忧山。"

那个嘴巴发出电线焦味的人又凑上来说:"别往心里去,这一切不是真的。"

这话似乎在哪里听过。韩愈看了这人一眼,见他是很平常的一个人。他好像是一个月前应聘来的。韩愈忽然间大口大口呕吐起来。眼前出现了另一种幻觉。穿白色工作服的人统统慌乱地来扶韩愈。

"主任。"他们恭敬地说。

韩愈着急地把所有人推开。

多么奇怪啊,他看到的是向他伸过来的一丛丛假肢!

在他游历忧山时,实验室可能已被篡权。他又一次看了看校园里的学生和城池中的楼群。这些都再骗不了他啦,他已经逃出了忧山。

于是,韩愈挣扎起身,朝实验室外逃出去。

他钻进电梯,朝开电梯的女人说:"去一楼,快!"

她却没有按下按钮。

韩愈说:"快些,这里发生了阴谋! 我们要离开这座城市。它是假的!"

她转过身来。韩愈吓了一跳,原来这人是他的妻子。

韩愈狐疑地问:"你怎么来这里的? 是怎么进来的? 守门的警卫为什么会放你进来?"

"我是来给你送票的。因此他们没有理由不让我进来。你想到哪里去了。"

"是我多心了。"韩愈沉吟。

"我已买好去忧山的机票和车票。我们分头去。这是解决我们之间问题的最后一个机会。"她怒气冲冲地说。

"这么凶。你手里拿的是什么？"

"机票和车票呀。"

"不是右手，是左手。我说左手。"

其实韩愈已看见她手持的是一尊精巧的佛像。看不出是用什么材料做的。韩愈仍然希望她能否认。

"哪来的？"

最后韩愈得到了失望的信息，便严厉地问。

她不回答韩愈。韩愈便一阵虚脱委顿，好像重遭某夜星光射入的痛击。

她坐在开电梯者的座位上，韩愈则站着。这样形成两人独处的局面。电梯忽然变得通体透明，如同大饭店的观光电梯。阳光像水一样从他们身上倾泻而过。他们几乎同时看到大街上热闹非凡，人们结群成队，房屋张灯结彩。

"他们在干什么？"韩愈诧道。

"准备迎接佛骨呢。"

妻子激动地说。

韩愈用眼角的余光观察到妻子手中这一尊佛像也在着迷地观看外面的景色, 它简直就像他与她生育的一个婴孩, 这孩子长得贪婪又肥胖。小家伙的嘴角还挂着一丝讥笑呢, 这使韩愈把残余的物质全部呕吐了出来。

作者注: 时空场振荡理论, 是王崎生工程师的猜想。这位退休的军工专家, 能通过聆听发动机的声音辨别出十公里外行驶的坦克车的型号。晚年, 他在北京东郊的一座居民楼里潜心于不明飞行物研究。王崎生心目中的问题, 实际上可归于当代科技八大难题之一的"重力波真相"。

发表于《立方光年》1996年第3期

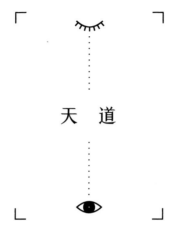

天　道

一

这人躺在船舱里，已经无力去按任何一个控制键。流逝的星光在他眼前滔滔不绝，渐渐变得模糊不清，仿佛是与人格格不入的另一个世界。他正在向这个世界靠近。这个想法使他既振奋又悲哀。人生苦苦追求的目标原来就近在咫尺，但也不过如此了。

附在他脊柱两旁的肉正在大块脱落，像什么东西腐烂了，又像被烈火烤化的奶油，滴落在甲板上。他知道这一点，因为他曾目睹飞船里其他人都这么奇怪地死去，但却没有丝毫痛苦。感觉神经也已经腐烂。他的神志最初还相当清醒，然而渐渐也如一团泡在水里的纸，湿重地开始下沉。

一片亮光突然照进座舱。飞船正近距离掠过一颗恒星。在强光中，濒死者重新受到刺激，努力睁大眼睛，想借助光芒看清什么。但光芒刹那间熄灭了。宇宙又复黑洞洞的，竟连星星也隐匿其形。

这时，往事涌过他的脑海，不过是几个碎片。他想叹气，却感觉连叹气的力气也没有。经历正在走向它的终结，回忆还有什么目的呢？于是在这种惋惜中，最后的这个人渐渐进入了他的死亡状态。

没有谁知道一个生命结束了，甚至连宇宙也不关心这一点。飞船继续在冷漠的时空中做着漫无尽头的旅行，但却由于内部突然空寂起来而失去了它最初的意义。

宇宙是一个大而化之者，它不承认生命之为尘与恒星坍塌成基本粒子的衰变之间有什么意义上的可比性。它只是一视同仁收容所有的死者，让它们在新的循环中重新开始，获得观念上的永存。或许有一天宇宙本身也会死去，但这并不等于说存在会消失。

于是，这最后一个人在死去之后，仍在轨迹上向一个新的时空进发；每经过一处，仍然使那里的星际物质乱成一团。

居住在地球上的人暂时还不知道这个结局，飞船离开他们已有五百光年了。换句话说，如果地球上某个监测站要想接收到飞船上发来的信息，那就得等上五百年——假设在这五百年里无线电接收技术没发生任何革命性突破的话。

二

但注重实际的科学家并没过多考虑这一点。他们仍然每天到那些跟飞船有关的技术中心上班。这些中心已经诞生五百年了，修在远离城市的大山顶上。它们的主要任务，就是接收飞船发回来的信息，并加以整理分析。

巨大的抛物面天线旋转着，与月球及天王星轨道上的卫星一起构成巨幅网络，监视着宇宙深处的动静。

上午时分，地面接收中心的一位年轻人把一叠记录送到分析中心去。他之所以不用电脑传送，是因为他想亲自弄清楚一个问题。

递交记录后，他观察了半天，最后走到一位刚在计算机前打完一篇长文、正准备稍事休息的老年学者面前。

"博士，我、我想请教您一个问题，可以吗？"

"噢，你说吧。"

"我是接收中心的。最近我们收到的太空信号中，有一个词的使用频率很高，但我们却不知道它是什么意思。"

"是个什么词呢？"

"哲学。他们老说'哲学''哲学'的。"

老头一听，呵呵笑起来。接收中心的人几乎全是纯技术型的，这就是他们与分析中心学者们最大的区别。

"哲学，这是一个古词了。五百年前他们登上飞船时，哲学在地球上还很流行。现在不一样了，科学完全代替了哲学。"

"哲学……到底是什么呢？"

"呃，怎么说呢？你学过数学吧？哲学跟数学其实是差不多的，要归纳、推理、论证啦什么的，可是太不精确了。小伙子，这个题目很复杂，以后有空我给你慢慢讲。"

是该回去工作了。年轻人不舍地离开分析中心，心里想着五百光年外那艘飞船中的那群人。他们真是一群古怪的人。可惜，我们只能收到过时的几百年前的信息。最初那群在接收机屏幕上议论哲学的人现在无疑已死去了，但他们的后代还在飞船上延续。地球在这些年里发生了不可思议的变化，但他们却永远不可能知道，正如我们也不可能知道他们眼下是怎么样的，除非一个人能够活上一千年。年轻人无缘无故地惆怅起来，看着那旋转不休的天线，觉得实在没有什么意思。

从此之后，他便经常来找老人，讨论"哲学"和其他一些问题。

"他们很古怪。换了我，才不会登上那么一艘飞船呢。"

"你倒说说，为什么你不会？"老者笑吟吟的。

"很简单。按现代眼光看，他们那样做，成功的概率是一千万分之一，而代价是在空空荡荡的宇宙中消磨掉一生。"

"别忘了，他们可没生活在现代。他们那时还有哲学，还有幻想和激情，科学也还没有完全'硬化'。更重要的是，他们落后。落后使人们急不可耐。这是真理。小伙子，清楚了吗？"

"但人们已不再理解他们。传回来的信息都很艰涩和可笑。那些言语,那些动作。他们谈论哲学,还要生育!新闻中心拒绝接管我们的材料。大众已对他们不感兴趣。老是千篇一律的东西,过时的陈谷子烂账。他们要到什么时候才能找到宇宙人呢?"

"别忘了,那可是在他们的时代里想得出来的最佳方案。飞船速度太慢,人的生命有限。于是,青年男女科学家们自愿结伴踏上航程,并在飞船中传宗接代,事业便不因时空的漫长而中辍。地球其实也是这么发展来的,其中蕴含着伟大的自我牺牲精神。小伙子,这就是哲学。"

"自我牺牲精神早就过时了。哲学也消失了。地球人已经不是地球人了。干吗要跑老远去找外星人?在地球上你就能发现一大堆外星人。幸好他们自己不知道,否则通通要自杀的。"

"不能这么说。你和我骨子里还是地球人。传统永远也不能舍弃。我们的工作跟那艘飞船的命运紧紧相连,这也是自愿的选择。可是谁将第一个接收到他们发现外星人的消息呢?或许明天就是你,或许永远没有这个人。我们已经等待五百年了,还要等多久?没有人知道。你不承认也罢,这就是自我牺牲精神。"

年轻人看着老人的满头白发,沉默了。

一周后,老人突然倒在工作台上死去了。亲属和同事们不动声色地把死者浸在一种药液中,于是人便化成了一汪清水。火葬早被禁止使用,因为污染大气。老人的工作台上坐了另一位老人,而前者一生的工作成绩，则被浓缩在一个小胶卷里，送进信息库封存起来，静悄悄地成为全人类的财富。

分析中心又恢复了以往的平静。银白色头发下，智慧已经成熟了。成熟的标志就是对生死都处之泰然。

只有年轻人感到震惊，好久都不敢相信是真的。他的头发终于有一天也变白了，但记忆却不敢忘却。

同时异地，另一具棺材正在宇宙深处浪迹。星云和辐射构成了没有航标的海洋。

三

不知过了多久，两朵浮云跟踪上了这艘不载活人的飞船。这两朵浮云看上去宛然由宇宙尘埃组成，翩翩然反射着远方微弱的星光，一朵呈淡绿色，一朵呈乌白色。一发现这艘飞船，它们便紧追不舍。

事实上，这正是两个特殊的生命体，一种星际空间的浮游生物，是小型星云凝聚过程中产生的智能生命。他们通过与遍布宇宙的逸散物质进行能量交换，生存下来，并迅疾往来于各大星系之间，获得身心的无限自由。

在淡绿色云彩中心有一颗细小的核体，其功能相当于大脑，此刻正发出一串电波,笼罩了整艘飞船,使后者表层光彩闪烁。这一番询问只持续了片刻。随后,淡绿色云彩的形体开始变化,不断呈现出各种奇怪的虫形、星形。这是它内部能量场发生改变的结果。这又立即影响到周围空间的能量分布状况,使它们也活跃起来。变异的能量一波一波地传递,一直撞击到另一朵云彩上。这一刹那,乌白色云彩也舒展出各种形状来。由此,两个智能达到了信息交换的目的。

淡绿色云彩告诉同伴:飞船上没有活着的生物。

这正是他们期望的结果。于是,下一步行动开始了。他们追上了飞船。然后,淡绿色云彩飘逸到船首,乌白色云彩拖行在船尾。这次,他们做出了新的形状,犹如两个表演柔术的杂技演员。飞船在两个智能造成的力矩之间偏转了航向,朝着一个不知名的地点奔去。

地球人万里迢迢来寻找外星人,却功亏一篑;而对于外星人来说,倒是得来全不费工夫。很多努力都走向了意料之外的反面,这里面似乎暗含了宇宙的一大秘密。但地球人却常常将之简单地归咎于自身的失误。于是一切便周而复始。

飞船在橙红星着陆了。

如果里面的船员还活着,他们该怎样吃惊地向地球描述外星人的世界呢?

橙红色的大气迷迷蒙蒙，人眼看不了多远。薄雾中隐隐约约散布着矮小的建筑群，有点儿像非洲蚂蚁的地堡，但更像一大排垒得漫不经心的土豆。奇形怪状的飞船陈列着，一些仅剩半截，还有一些巨大得让矮小的建筑难以与之类比。飞船共同的特点是都锈蚀不堪，偶尔从一艘较新的飞船的舷窗看进去，竟是形状各异的外星人骨架。地球人真的来到此地，必定会产生荒凉、颓丧、死亡的感觉。

然而那两个浮游智能仍在半空中盘旋舞蹈，兴致极高。

事实上，这个橙红色的行星，不过跟劫持来的飞船一样，也是浮游云状生命体的战利品。

确切来说，不能叫战利品，因为浮游智能从不打仗。他们永远散布在星际各处，过着平静闲适的生活，甚至不跟任何活着的生命形式接触。

然而他们却是宇宙中地地道道的食尸者和掘墓人。

几十个世纪以来，他们已在各大星系发掘了好几个废弃的文明。橙红星便是其中之一。他们匆匆将其占为己有，然后又匆匆离去，自在地流浪一段时间后，再回来向自己的文化朝拜一番，获得心理上的满足。但仅仅如此还不够，文化还需要发展。于是，他们把在宇宙各处见到的人工制品捡起来，悄悄地拖回星球，存放在那里，这些制品包括废弃的飞船、人造卫星、无人驾驶探测仪等各种宇宙开发设备。

在死亡之上构筑文化，在死亡之上构筑健康的心理，在死亡之上构筑一个种族的未来，这不能不说是宇宙本质力量的体现。地球人在这个过程中也充当了一个小小的角色，然而他们自己何曾知晓过呢？

四

又是多年过去了。太阳系第三颗行星上的平静日子在不知不觉中延续。

地面中心突然召开了一次会议，中层以上的官员都参加了，并奉命严禁走漏风声。

会上放映了一部录像。这部录像无疑是恐怖片的翻版。

"是那艘飞船吗？"有人在黑暗中失声叫起来，"天哪，他们离开地球已经一千年了。好多人都把这档子事忘了。"

一个医生模样的女人出现在画面上。她激动地讲着，最后竟抽泣起来。一切发生在飞船穿过一团稠密的星际物质之后。一种不知名的宇宙病毒渗入了飞船。目前——也就是五百年前——的情况是，船上有三分之一的人正在毫无痛苦地烂掉、死去。另有三分之一的人已出现病兆。剩下的人停下手中的正常工作，全力投入了抢救。但飞船上没有任何一种药物能够对症。

"情况就是这样。"屏幕熄灭了，灯亮起来，中心负责人从座位上站起身，"遗憾的是，我们得知这个情况实在是太晚了。等我们的指令发回去，又得五六百年时间。这期间会产生什么样的变故呢？因此，我们除了静静观望外，不可能采取任何措施。"负责人感到不能在沉默中忍受下去，"我们只能寄望于这群从古代出发的宇航员，寄望于这些生活在五百年前的人，寄望于他们在长期宇航中积累起来的经验。不是还有三分之一的人还没发病吗？或许在他们身上已产生了免疫力？这使他们还能延续一千年？一千年并不太长。无论如何，我们只能等待，在等待中保持信心。这是我们唯一能做的。"

有人在下面露出了鄙夷和不屑的神色。这个庞大的机构存在了这么长时间，原来不过就是为了侥幸能收到一个发现外星人的消息，从那些盲目登程的古人身上捞到一些好处。

随后收到的消息越发令人沮丧。情势急转而下。还剩下十个人……五个人……三个人、两个人……一个人！

每个人死前都在镜头前向地球发表了讲话。五百年前的人说话很讲究语法，用词当然也很古奥。即便在此时此境，听起来仍令人忍俊不禁。但谁也没敢笑。濒死者悲痛万状，但却不是因为自身的缘故。他们感到愧对地球。

"我们死后，请不要在地球上为我们立碑。"

聆听的人听到这里，便忍不住要把屏幕熄掉。

会有人给他们立碑吗？每年都要在太空中死掉几千人，也没有听说立碑的。

还是不要在宇宙中走得太远了。莫测的宇宙会使人的观念荒谬起来。聆听者开始走神了。

信息终于完全中断了。最后一个人也跨进了死亡之门。

这时地面的人的心里一下子像卸去了什么。但因为太突然了，反而觉得空虚得可怕。一千年来总是那么色彩斑斓、声响频繁的屏幕，变成了一言不发的黑洞洞的窗口，这么多人一下都没了事干。大家静静地坐在那里，原子钟犹如心声发出骇人的回响。

中心不久便解散了。庞大的资料库被接收和封闭，后来又被销毁，据说是为了彻底忘却——忘却那次没有充分理由的冒险，并杜绝今后可能出现的任何极端行为。

五

盗墓者没有想到，这竟是他们末日的来临。

一个巨大的金属球某日也加入了他们的收藏。这东西原是宇宙大战中一枚未爆炸的能量弹。

终于，云状浮游生物交谈时的频率偶然契合了炸弹的暗码，于是能量释放。几个星系中的生命形态和文明圈都遭到了摧毁。在遥远的地球上，则留下了又一颗超新星爆发的记录。

偶然地，地球人在橙红星上的飞船未被离解，只是随星球的大小碎片一起飞扬起来，又重新流浪在宇宙中，成为一颗小行星，并且在另一个极其碰巧的机会里，回到了地球上空。

一场缤纷的流星雨使拜星教徒大饱眼福。其中几块未燃尽的大块陨石掉入沙漠，引起了他们无限的遐想。

时间的潮蚀掉了一切因果联系。超新星爆发，宇航时代，寻找宇宙人的人，一切往事的投影徒然落在了往事的往事上，现时的人都按现时的观念去解释将来。

六

在漫无边际的沙漠中，一小队瘦骨嶙峋的拜星教徒正在跋涉。他们速度很慢，一天只能走七公里。人类的脚力在几百代人以前就开始衰退了。

队伍中最年少的教徒又一次走到带队的长老身边，向他提出那个他已问过几十遍的问题："神器到底是怎么样的？它很大吗？"

长老严肃地看了他一眼，说："孩子，怎么又想到问这个了？不是叫你不要再问了吗？你还不是一个真正的拜星教徒。"

"可是，我老是想知道这事。心里怪痒痒的。"

"唉，孩子，怎么说呢，神器是无法用语言来描述的。你不久就会亲眼看见了。"

"神器像星盘车吗？"小教徒仍不甘心。

"不许瞎说！这是亵渎啊。"长老闭上眼，开始祈祷。

傍晚时分，这一队疲乏已极的人歇息了下来。晚饭后，大家围坐在星空下，做了常课。然后年轻人向老人央告道："时间到了，开始讲故事吧？"带队的长老看着孩子们眼中炽热的光芒，不觉回想起自己第一次穿越沙漠区朝觐神器的情形。

"那就开始吧。昨晚我们讲到哪里了呢？对了，讲到亚伯教主发现神器的经过。"长老咽了一口口水，接着说，"亚伯教主独立于大沙漠，为流星雨所袭击。绿洲中植株尽死，而唯有亚伯独善其身。这时出现了神器。教主诧之，遍告于众教友，由此开始了一年一度的朝觐，迄今已有两百五十年矣！在亚伯的时代，拜星教已广布于地球本土，传播于七大行星。然仅有火星，仍惑于铁器主义。于是教主第一次出游火星，但竟被逐而不得志。归来后在神器边冥想半年，突然悟化，遂再度传教于异域，终获正果。从此太阳系已是拜星教的天下。"

"请问铁器主义是一种什么邪教呢？"

"铁器主义就是不敬仰神器，而崇拜铁器。铁器是地球人的制品。在很多个世纪中，人们以无所不达的宇宙飞船为其信物。孩子们，这真是惑人的宗教啊，妄想以地球人的微力，遍行于整个宇宙，这曾使多少人忘掉性命、舍弃理智。在铁器主义盛行的宇航时代，人类涉足了无数荒芜星球。然而，最终何以得？文化分裂，惶惑丛生，贪欲无穷，本性尽失，物质战胜了精神！这便是铁器主义的恶果。拜星教则是要使散布在宇宙四方的人类重新结为一个文化整体，使人类重有自知之明，息凌驾万物之意。神器便是我们的信仰。它超越一切人力的产品，永远提醒我们，神才是至上的。"

教徒们听了这番妙言，喜得抓耳挠腮，尽皆失眠。

次日，继续跋涉。中午，在一方绿洲中，他们和另两支朝觐队伍相遇，于是结伴同行。

他们在沙漠中走了整整两个月，仍没到达目的地，带的粮食已快吃光了。长老开始不安起来。

"现在您能告诉我神器是什么样子了吧？"年少教徒的眼睛突然一亮。

长老摇摇头。小教徒眼中那一线光彩便消失了。他身子晃了晃，长老忙扶了他一把，感到这孩子浑身滚烫。

事实上，小教徒已带病行军几天了。饥渴交加，使他已无力支撑。这天晚上，他在高烧中死去了。弥留之际，孩子仿佛觉得一辆又大又亮的星盘车降到了身边。他高兴地摸了摸它，它便把他载上，远远地飞出了沙漠。

长老痛苦地站在小教徒的尸体旁，心想：现在可以告诉你神器是什么样子了。那东西真黑，还烧塌了一边。座舱里有人的骨头，一点儿也不好看。你要亲眼见着，没准儿要吓一大跳呢。

长老没想到自己这回也没能见到神器。

寻找失踪的朝觐者的工作拖了很久才开始，结果发现大部分人都在沙漠中死掉了。一场突然袭来的太阳磁暴影响了地球磁场，生物体内的定位系统发生了紊乱，浩荡无垠的沙漠使人产生了幻觉，这便是悲剧的起因。教徒们鄙夷指北针，从而使悲剧无法解脱。

神器没能给他们指明方向。

这场灾难的幸存者中，一些人变成了本教的怀疑论者，他们以后的活动孕育了下一代文化的胚胎。

七

在《新世纪启示录》中，记载着一些轰动的考古发现。其中一则是在旧地球西北大沙漠中掘出的古代宇宙飞船的残骸。有证据表明，这个残骸曾被盛极一时的拜星教当作其神秘的信物。然而人类探索宇宙奥秘的东西怎么反而回归到了它的出发点呢？在宇宙时代，无数行星已被人力征服，人类自信心和力量的增强为什么反而导致了逆反的拜星教呢？为什么拜星教选中的崇拜物恰恰又是地球人类祖宗的拙劣制品呢？《新世纪启示录》无法回答这些问题。

一个世纪的开端，标志着过去的一切都死掉了。然而正是因为死掉的一切，意味深长的事情才不断重复发生。

发表于《科学文艺》1988年第3期

获第二届银河奖优秀作品奖

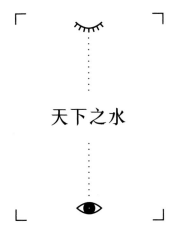

天下之水

一、孤独的水路行者

天下之多者，水也。生于北方的郦道元，一天发出了这样的感喟。

在他生活的那个时代，较之今天，北方的水草要丰盈得多。然而，人类真正了解到水之浩大，还是郦氏死掉一千多年以后的事情。精确的科学考察表明，以海洋为主体的水占据了地表面积的百分之七十以上——恰好与人体中的水分含量一致。

那么，世界本身，是否便是一种有机体呢？这是一件需要长久考察和求证的事情。

不管怎么说，对于以陆地为大本营的中国，能够在那时便说出"天下之多者，水也"的人，大概是凤毛麟角的吧。

然而，《水经注》中，对于海洋，却又是很少提到的。举凡遇到海，注文基本上就到此为止了。间或提到，也是一笔带过，比如"西南至安市入海""浙江又东注入海"之类。

这大约是因为，海在当时已被视为了世界的边缘。

郦道元所处的南北朝，是一个战火连绵、国土分裂的时代。但他笔下的水流，包括河湖溪瀑井泉等，却在大地上无拘地倾注奔流，突破了交战各方人为划定的地界。

在破碎的山河上，郦道元使用着统一的西汉王朝版图来描绘他的水世界，这连郦道元自己也不知道是为了什么。有的时候，他只是模糊地觉得，他不过是在借此挽救某种东西，而这种挽救，最终恐怕又是一种徒劳。

他十分希望能够弄清自己行为的意义，因为他深知自己对于水的执着，已是一个不可能被常人猜透的谜团了。他了解那么多的水，而对自己的心灵呢？

身为尚书郎，在陪同北魏孝文帝巡游时，每当中途歇息，郦道元便揎起自己的袖子，观看手臂上脉搏的偾张，这时，内心就会泛涌起上述的冲动。

他也曾看到许多死于兵乱的人，看到他们裸露于皮肤之上的蛛网似的血管，还有尚未气绝的怦怦脉象，以及从此将不能起到营养作用的体液。大地上的水，与人体中的水，比例到底有没有不同呢？此时，他困惑了。

但刚愎自用的帝王是不会这样去认识世界的，还有枕戈待旦的将军们，以及忙于宫廷倾轧的大臣们。郦道元成了水路上孤独的行者。

就是在这样的时刻，忽然有一天他梦到了红色的水。

他初以为是无处不在的血流成的河——这每每使他尝试拼绘完整而纯正的水图的努力化为乌有，但即刻他发现不是。

那耀目的色彩，几乎丧失了水的本相，而如同霞云或者雷电，只君临了一刹那，却使他大叫着醒来，并痴痴地长坐。

星光如水一样源源流下来，注入他宽大柔和的衣领，凉飕飕地顺着坚挺的脊柱往下淌。

他醒来后便回忆着，那红色之水的背景，是一大片说不清颜色的压抑暗色物质。它无边无际、厚重无声地蠕动，使人感到憋闷。

但是，这便是对水的真实回忆吗？——世上大概是无这样的水的，或者，梦是对尚未纳入郦道元视野的某种水的预示？

几天来，他反复梦到这个场景。红色的水势越来越浩大，直到有一天，天下的水都变成了红色。

看上去，像是在用一种水统驭万种水啊。

梦中之水，便成了一种意淫。

这时，郦道元突然产生了去黄河孟门瀑布看看的冲动。他以为，大概只有那里的崩浪万寻、悬流千丈，才能一鼓荡平心中似不该有的疑虑，也能满足那久蓄的亢奋与饥渴。

但就在前去的路途上，他认识到了自己更隐秘的意识，那是在担心，红色的水是首先从那里溢出来的吧。但是，为什么是这样的担心呢？为什么是黄河孟门呢？黄色并非红色的补色。

不管怎么说，满怀对红色水流的迷恋与恐惧，郦道元来到了孟门。这大约是孝文帝太和二十一年（公元四九七年）的事情，郦道元此时三十二岁。

二、堪　影

在孟门，郦道元并没有看到红水。但黄河之水魔女般乱发狂舞的景象，又似乎象征并暗示着各式水之存在的可能，其中也包括郦道元尚不知道的水。

这时候，郦道元心灵有所感应，忽然回头，见距孟门瀑布百米开外有片竹林。确是怪异之事。在他的知识体系中，应该是往南一些的地方才有这种植物吧，那么，这是一种品质殊异的竹了。

秀气的青竹与狂暴的黄河，形成了强烈的映衬关系。

这一片清湍如水的翠色，不禁惹得郦道元满心喜悦，缘竹而去。曲径通幽，光影叠乱，巉岩参差，不一时，竟听到了潺潺水声，不如黄河的粗犷，而像小女子轻歌。郦道元愈发欢欣。

水声时大时小，忽远忽近，似是一溪，在山石岩壁间一路跑跳而去。他干脆安下心来，与它捉起了迷藏，时左时右，忽前忽后，其乐无穷。

突然水声大作，分明已到近前，然而趋步前往，水声又小将下去。眼前一亮，并无溪流，却是小小一潭，颜色赭红，四面修竹环绕，风息云止，却见水面涨落不定，如有数条大鱼在其下翻腾鼓噪。

疑惑之间，却见竹影中有一草庐，柴扉虚掩。推门而入，见一人沉睡于竹席上。此时，外间水声又骤然大作。

郦道元垂手竦立，不久，那人醒来，见有客临，延坐奉茶。细观此人，眉坠于肩，手长过膝。郦道元知是隐士，肃然起敬。

茶水碧绿清冽，不见红色，由此可知不是那潭中之水所沏。此时，门外水声又哗然一片。

郦道元道："我观之，此处并无鲜活水源，外间不过一潭死水尔，本该静谧无声，缘何作此巨鸣，且流沫山腾？"

老者正色道："客人有所不知，此非凡水，而是一方生灵。"

郦道元大惊。老者复引领其至潭边。

却见那水，已趋安静，发出喃喃细声，似与老者轻语。郦道元击掌称奇。

"此等怪物，其质与水无异，其形随物化成，唤作'堪影'。"老者道。

"如何却栖身于此？"

"三年前的一个晦夜，孟门雷雨交集。清晨，门前便多了此潭红水。我始不觉有异，后渐知其非凡水。"

老者说罢，又轻唤数声，那水又作翻腾状，而水声竟可变化，如雄狮、健男，又如妇人、幼蝉。而郦道元试作声呼之，水却置之不理，又似有嗔羞状，若闺中少女初见陌生男人。

郦道元语告老者，称近来夜夜梦见红色之水，方赶来此。老者不禁叹息。

郦道元复详观此水，只见其通体透明，不含杂质，清洁澄深，漏石分沙，又仿佛有漆胶的质感。他恍若置身梦中。略试水面，却被一阵皮肤般的温热所袭，手往里伸，却黏黏地陷住了，急拔而出。水哧然一声，似作笑。

他便与老者回到室中。老者称，日久已能辨知水声，如此便常与堪影交谈，已了解到其传奇身世。

堪影告诉老者，它已忘记了自己所来何朝何代，甚至，亦不知是来自过去或是未来。

它只记得，祖上是与人类无异的生物，生活在陆上。后来发生了世界大战，陆地生态体系遭到毁灭，全族才将自己改造为适宜水生的形态，下到了水中避难。

最初，仍接近于人类模样，但在千万年中几经演化，终于抛弃了旧有的形体，把生命寄寓于流水——世界即我，我即世界，以为如此便会永生。

然而,某一天,新的灾难不期而至,其族不得不离开水世界,迁徙向一个陌生的空间。

可是,不幸的事情发生了。不知是哪个环节出了差错,它在路途中阴差阳错被抛遗到了这个世界,未能抵达其目的地。

"它曾经寄生并又与之相融的水世界到底在哪里呢?"郦道元道。

"那便是海洋啊。"

"那么,是整个海洋的大迁徙了!"郦道元看着小小水潭,怔住了。

"是的,海洋即是堪影,堪影即是海洋。"老者黯然说,"它救赎自己的努力,终于是失败了。"

北人郦道元对海洋所知不多,此时却万丈心潮轰然涨落。他无法想象,那浩渺的大海与这浅薄的水潭,竟是同一样东西。而海之蓝色,又是何时变化成红色的呢?——如堪影所说,到底是在过去,还是在未来?他深深地糊涂了。但可以肯定的却是,海洋眼下仍在远处无知地起伏,如同郦道元从未踏足南方,海洋又何曾来到此地了呢?

"它是多么可怜的生灵啊。在这里,还能生存多久呢?"

"恐怕,时日不多了吧。"

"如果把它重新置于一处活水中呢？"说这话时，郦道元眼前出现了孟门的黄河大水，正鼓足劲向它自己也不曾见过的大海奔流。回想起自己前半生与水打交道的经历，郦道元是多么希望能够救助堪影啊。

"那样的话，这生命会迅速扩散，成为新的海洋。这是它化育自己的方式。天下的水将成为红色。它即是一，一即是众。"老者微微蹙眉。

"那么……"

"那么，我们的世界将成为水的世界，而这个世界上便不再有我们习称的水了。"

闻此言，郦道元顿然绝望了。

是夜，郦道元宿于隐者的茅屋。三更时分，他醒来了，听见外面传来呜咽之声。他不禁思忖，当初，那异类是否不小心自己毁了自己呢？难以想象，有一种生命、有一个世界竟由水结构而成。

呜咽声越来越大，堪影在哭泣吗？

或者，它在呼唤同类——天下之水？但郦道元深知，那些水确是没有灵魂的。

他不禁对此水曾筹谋转移的目的地产生了好奇。它在哪里呢？所谓海洋之外的新的逃逸空间，恐怕是不好想象的。

大概是习以为常了吧，那老者没有被水声吵醒，鼾声大作，不知做着什么好梦。郦道元心烦意乱，披衣走出茅屋。

夜色至浓处，天庭上有一处星云狰狞。这遥远太空中的神秘花环，从来没有如此地低垂迫近，直若要坠落头顶。郦道元觉得它像一摊溅开的水渍。他全身一震。在那后面，幽暗地浮动着一种他从来没有认真想过的东西，他难以形容它是什么，而它也的确超越了他作为人的感悟力。

水声更悲戚了。水面虎虎跃起，形成一根三尺^①高的柱头，似要与那不可名状的世界亲近，但相距却实在是太遥远了。最后，水柱垂头丧气地放弃了努力，落下来，卧伏着不动了。

郦道元感到，说是空间吧，却分明是空间以外的存在，拥有超越一切的力量和简单至极的结构，却看不到也摸不着，乃至连想象力也给幽禁了。这种别扭的体验，是第一次侵入他定型的人生。他想，面对这样的无以用言语表述的存在，水也好，人也好，又怎么能如此容易地救赎自己呢。

一种刻骨铭心的无由之痛，使他欲放声大哭。此时，却感到水潭如一只眼睛在惊讶而怯怯地注视着他。他便羞惭地控制住自己的感情。

然而，对于海洋来说，超越空间的"空间"，究竟意味着什么？而一团水流的生灵，又是如何发现这奇妙的存在的呢？如果它们真的

---

① 1尺约等于0.333米。

去到了那里, 又将以什么样的形态生存下去呢? 恐怕, 不再是水了。

世间之一切, 本是无固有之形态的。

此时, 郦道元突然意识到此水与自己的关系, 内心不禁涌出一阵极大的恐惧。

他僵然伫立, 束手无策, 直到霞光来临, 一切才噩梦般成为过去。

而那水却不动弹了, 红色中透射出一层灰翳。他慌张地用手去拨弄, 感到它正在凝结、冰冷、塌陷。

"死了。"他一惊, 转头去看茅舍, 却见它也在一片灰色的迷雾中慢慢隐遁。

他扑过去, 双手去推那扇就要退入虚无的薄薄竹门, 却推了一个空。面前除了一堆青色山石, 什么都不是。

回首一看, 天空中有一个陌生的银色圆点, 在苍白的太阳附近, 局促地明灭了一下, 便消失了。

刹那间, 他感到了许多个世界的存在, 而他所在的这一个, 不一定便是最真实的。

过了很久, 郦道元才恹恹地离去。他看到黄河仍在奔涌, 才松了一口气。

三、无路可逃

返回洛阳，郦道元把这一段经历写入了《水经注》。

此后，他更加勤奋而逼真地记录世上各种水的情况，仿佛是担心它们有朝一日会悉数遁去。

但直到很久以后，他都不愿去到海边。对海的记载，也颇寥寥，后世的研究者说，这不符合他学者的认真个性。

孝昌三年（公元五二七年），雍州刺史萧宝夤的反状暴露，朝廷命郦道元为关右大使深入险境与叛将谈判。这道授命其实是郦道元的政敌设计的阴谋，欲借叛将之手置他于死地。

对此，郦道元是非常清楚的，但他仍慨然而去，心中想着的是那一潭曾阅尽沧桑却终究无路可逃的红水。

连水也无路可逃之处，那究竟是一种什么样的境地呢？

水啊，你这形成世界的关键元素，你这无坚不摧的至柔之物，竟也有了这样的结局，这大约便是"天下之多"更深的一层含义吧。地理学家此时的心情，已是无法用言语来形容了。

结果，郦道元在阴盘驿亭（今陕西临潼附近）蒙难。他的血液从尸身上泉涌而出，渗入泥土，汇入万千条水流，最后去到了他不曾涉足的大海。

在不久后洛阳的一场兵火中,《水经注》的数卷文献竟不幸被烧掉了,后世的人们不知道郦道元究竟还曾记录了什么。

现在,我们只能读到郦道元关于孟门瀑布的描述。他仅用一百三十一字,便将其水流冲交、素气云浮之景观,做成了千古绝唱,使后人扼腕叹息。

孟门瀑布,即今壶口瀑布。据考证,其位置距当年郦道元造访之地,已北移了五千余米。

公元第三个千年到来前的最后一个春夏之交,壶口瀑布浑黄的水流突然变得碧绿澄清。据在黄河岸边生活了大半辈子的人讲,这种情形,还是第一次见到。而水流今后还将变为什么颜色,却没有一个人说得上来。但壶口瀑布将在百年后消失的消息,却是由此间最权威的新闻机构发布的。

发表于《科幻世界》2002年第7期

获第十四届银河奖读者提名奖

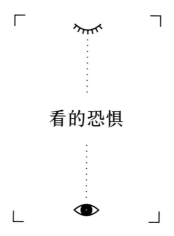

看的恐惧

一、眼睛的出生

子夜时分，产房里终于响起了婴儿响亮的啼哭声。这是一种具有提前到来的黎明性质的音调，危险中饱含憧憬。

母亲艰难地睁开眼睛，试图探头去寻找她的骨肉。这是一次难产。所幸，最后的结果是，母婴平安。

"是个儿子。"面容娇美的年轻护士说。随着她的话音，整个产房里仿佛荡漾开了朝阳的金针光色。

一直焦虑不安地在一旁作困兽状的父亲，这时才松了一口气，疲惫的脸庞上露出不知所措的笨拙笑容。

护士把孩子抱到母亲面前，让她好好欣赏这带给她痛苦和幸福的精灵。孩子脸色通红，蜘蛛一样蹬踢着粉嘟嘟的小腿，像要把整座大楼哭塌一般哭个不停。母亲满意地笑了，虚弱地点点头。

但她随即看见，小家伙的额头上，覆盖着一层薄薄的陈皮状的灰色东西, 爬虫般显露出了丑陋的性质。刚做母亲的女人不知道新生儿是否都是这样, 略微皱了皱眉。

护士也早注意到这东西了, 此时, 犹豫一下, 忍不住伸出一只手, 像扫拭灰尘一样, 轻轻去拂那层皮肤似的物质, 竟然就拂开了。

"啊呀!"

周围的人惊叫起来。

原来, 孩子的额头上长满一排眼睛!

二、不祥之兆

仔细数数, 除了处于正常位置的双目外, 这孩子另外还长有八只眼睛, 以印堂为中轴, 左右各四, 对称地分布在圣洁无垢的额头上, 像一组舞台上用的背景灯, 正灿烂缤纷地闪动不停。

仿佛是, 一种意料之外的新的出生, 紧随孩子脱出母体, 正在产房中颤然降临。

母亲这一惊非同小可, 立时昏厥过去。那木讷的父亲也在惊栗中呆住了。

"妖怪!" 年轻的护士低声叫出, 要往外逃, 却被同事喝住。

旁边几个科的大夫都闻讯跑进产房, 忐忑地观察这婴儿。过了一会儿, 医院院长、副院长也赶来了。

"这是什么呀!"

"从没有见过!"

"严密监测孩子的体征!"

不知是哪位好事者给报社和电视台打去电话。但等记者赶到医院时,孩子已被送到隔离病房去了。

医院以保护新生儿健康的理由,阻止记者拍摄和采访。

但是,第二天的报纸上,仍然出现了这样的新闻标题:

本市一医院分娩多眼怪婴!

勤快的记者还采访了专家,请他们发表看法。有专家称,这有可能是基因突变吧。

报道中引用了专家的说法:"这种情况,在现代社会,其实并不稀罕,在自然界中,不也出现了独眼青蛙、多足鳝鱼吗?"由此,又引出了环境污染的话题。

不同的报纸,因为采访的对象不同,对事件的解释也不一样。有报道称,这可能是人类的返祖现象。

但是,人类的祖先难道竟是这种怪样子吗?此事怎么也没有听说过啊。

总之,众人一致认为,这是一件闻所未闻的怪事。该不会是什么预兆吧？这里面，说不定隐含着人类异化的危机。

三、看的恐惧

接下来的时间里，医院成了热闹的中心。孩子的父母除了配合医护人员照料怪婴，还要忙于应付各方访客。

这些人自称来自各种级别的科研部门，他们对夫妇的怀孕经过、产前护理、饮食、身体、遗传等事项进行了详细的了解和测定。

夫妇都是中学教师，结婚六年，好不容易才怀上这个孩子，怀孕前后，也没有什么不正常的反应。至于家族，也没有遗传病史。

这繁忙的检查，不觉之中加重了做父母的心理负担，使他们觉得，真的生出了不见容于社会的怪物。

婴儿自然更加受到研究者的重视。但除了眼睛比常人多外，一切正常，就连那多余眼睛的构造，用现有的仪器检查，也没有发现任何特异处。更使人不解的是，竟没有检测到预想中的突变基因。

那么，究竟是怎么一回事呢？专家们迷惑了。天降灾异而以孩子示警的说法，不胫而走。

其时，又来了几个奇怪的人物，自称是不明飞行物研究会的会员。他们向夫妇小心翼翼地提出一些莫名其妙的问题，包括：有没有见到空中的飞龙，有没有丢失时间，等等。

夫妇不假思索回答说，根本没有这些事情，他们没有见过飞龙，也不相信飞碟。

访问者问不出名堂，悻悻离去。

后来，报纸发表了想象中的外星人图片，额头上的确长有许多眼睛，与这孩子对比，倒有几分相像。但有人提出疑问：外星人是不是根据这孩子的模样画出来的呢？

对这些烦琐的调查和无端的推测，夫妇渐渐产生了反感。这孩子不就是与常人不同一些嘛，不就因为他是人群中的极少数嘛，他来到这世上已经不易，为什么不能让他安静地自己待一会儿呢？

身为父母，他们却自觉失去了对这个孩子的拥有权。而孩子从一出生，便不再属于自己了。

不妨说，所谓的异化，正是从这时开始的。

一直到了半年后，人们来得才逐渐少了。

但夫妇总有一种感觉，就是还有一双眼睛，一直在暗地里跟踪、注视着他们。

也许，真正该来的人，还没有现身呢？那又会是谁呢？难道，此生就要生活在这种恐惧之中吗？这或可称作"看的恐惧"。

四、非此世界的光芒

这时, 他们决定让孩子出院了。既然孩子的健康没有什么问题, 而住院费又不是他们这样的工薪阶层能承受的, 老待在那让人心情压抑的病房里干什么呢? 孩子又不是展览品。更重要的是, 孩子需要看看自己的家了。

半年来, 这一对夫妇的确精疲力竭。没有想到产下这么个怪婴, 孩子今后的成长问题, 成了大人的一块心病。但是, 不管怎么说, 总是自己的孩子呀。不就是眼睛多了几只吗? 又不是脑残, 或者缺胳膊少腿。他们这样安慰自己。至于以后的事情, 慢慢再说吧。

这天, 年轻的夫妇不事声张地抱着孩子离开了医院。把他们送到门口的, 仅有主治大夫和接生孩子的护士。她们的目光中浮着一层难以辨识的、阴谋般的灰翳。

孩子是第一次离开病区, 十只眼睛里忽然跃出一种苍劲的活力, 尤其有两只眼中, 流露出如释重负的神情。这种颇可称作早熟的眼神, 看得他的父母甚是吃惊。

他们打车回家。孩子的额头, 是用一块红布蒙着的, 仅剩下两只正常的眼睛露在外面, 它们隔着车窗, 小鸟般转动不停。

回到家中, 额上的布才揭开。孩子所有的眼睛像是短跑运动员听到发令枪响,骨碌碌一下子跳跃着跑出来,又如同喷薄的泉眼,目光中对新世界的好奇,是要用加倍法则来计算的。他的父亲心念一动,忙去拉上所有窗帘。顿然,整个房间里仅剩下一大片熠熠生辉的眼睛了。它们超过了星光的璀璨。这是一种非此世界的光芒。

"我们的孩子,有什么不好呢,大概是哪吒三太子托胎转世啊。"男人啧啧道。

五、目光改变现实

整天,孩子很乖,不哭也不闹,也许,连他也知道,终于回到自己安全的家了。

傍晚,母亲给孩子喂奶后,便感到疲乏了。的确,这一阵子全为孩子操心,很少睡个好觉。现在,可以放心休息了。

夫妇早早上了床,刚要熄灯,男人触着了女人的身体,心念一动,想起什么。

原来,他们有很长时间没有做爱了。

男人把女人一把拉到身边。妻子娇羞地投入丈夫怀中。

他们像初恋情人一样接吻,感到火焰在身体中燃烧,快要把他们烧干。他们觉得,生育这个孩子,丢失了他们前生承袭来的元神,现在,是把它找回来的时候了。

然而，妻子却忽然停住，大惑不解地问："你怎么了？"

"我、我也不知道。"

"你不至于啊。"

男人惭愧地低下头。女人俯在男人身上努力半天，他仍然没有反应。她迷惑不解地支起裸露无遗的美妙胴体，转过头来，一眼看到大床边的婴儿小床上，十盏聚光灯正好奇地投向这里。

妻子心下"哦"了一声，脸儿立时绯红。她飞快穿上衣服，忐忑着把孩子抱入里屋。

这一回，才顺利了。完事后，夫妇一起把孩子又抱了回来，并让他与他们睡在一起。

他们说着悄悄话："是啊，刚才总觉得怪怪的，是因为有那么多眼睛在看着咱们哩。"

"是呀，今后的一切将不同了。"

这一夜，做父母的虽然十分困乏，却都没有睡着。他们感觉到了变化凝聚成的能量，在四面八方水母一般蠕行起伏，扰动心灵的宁静。屋外的星星，也许因为孩子眼睛的缘故，也变得晦涩和不明了。

他们注意到，孩子的眼睛，有几只闭合上了，但总有几只睁着，闪烁不停。那是在轮换着值班和休息哩。以前，在医院便观察到了这种现象，但是，此刻同在一张床上，竟有些让人不安。

然而，他的脑子是始终醒着的吗？

父亲不禁想到，儿子的梦境必然不同。他也许是睡着的，但他也在注意着这世界的每一分动静。这却使得父母的醒着，像是梦境的延续了。

六、他看到了什么

父亲自此后变得沉默少语，常常发呆。

"他到底看到了什么呢？"一天，他忽然对妻子说。

"怎么想起说这个。"

"不知道为什么，就是感到好奇。用十只眼睛去观察世界，看到的一切也许与凡人眼中的不同吧。"

"是呀，那么多人来打探宝宝的情况，竟没有谁想到去了解这一点。"

"我想到了！"丈夫像个孩子似的骄傲地大声说。

男人在学校是教初中地理的，他正在透过儿子眼睛的形式之美，努力去感知空间无穷组合的可能性。他想象到，那些他烂熟于胸而此生无法去到的地方，此刻正在儿子的视觉皮质上，幻化成一片飞翔的光明，纷纷到达。陈旧的世界，出现了被重新塑型的态势，连那些张口便能来的地名，也要用另一种方式来书写了。但是，他的妻子，一位数学老师，说："想到了又能怎么样，谁能知道他看到什么了呢? 好好把他养大, 他都会自己说出来的。"

"那就等着那么一天吧。"

男人带着一份仿佛掌握了这个世界的细节的自信, 朗声对妻子说。她吓了一跳, 她还没有见着丈夫有过这样的自信。她觉得, 这些日子里, 他变了。她不禁为他担心。

他们的这番交谈, 是当着孩子的面进行的。

孩子自顾自玩着, 对大人们说的话像是没有在意。

但是, 不久后, 他们发现了一个新情况, 就是这孩子额上有一只眼睛, 总是喜欢盯着房间里的计算机。

那目光中, 竟然流露出一丝淡淡的忧愁和恐栗。父亲不禁暗暗吃惊。

七、技术的介入

一个月后, 有一位陌生的客人来造访, 自称是计算机工程师。他说是从别人那里听说了孩子出院的消息。

自离开医院后, 夫妇便不太情愿有人来访, 尤其不希望有生人来打探孩子。不过, 既然人家都找上门来了, 还是不好拒绝。

"第一次从报纸上读到这则奇异的消息时, 我便滋生了巨大的好奇心, 想来探望一下贵公子, 但一直怕打扰你们。现在, 孩子既然已经出院,我便鼓起了登门拜访的勇气,还请见谅。"

说着,客人打开随身的包袱,里面竟是许多昂贵而精致的玩具,夫妇这才有些惭愧和感动,对客人热情起来。

客人是一位四十多岁的中年男人,面色和善,神情安详,戴着黑边眼镜,一副学者的模样。他在夫妇的引导下,来到儿童床边,俯下身看孩子。就在这时,孩子的一只眼睛猛地投出一束亮光,直端端射向来客,他一怔,赶忙把目光避开。

他脸色发红,有点儿讪讪地回到客厅坐下。夫妇一时摸不清客人是何来意。

没头没脑闲聊了一阵孩子的情况,客人才触及主题:"半年过去了,你们做父母的,难道不想知道他到底看到什么了吗?"

乍听到这句话,父亲的心便剧烈跳动起来。但他不动声色,只是上前为客人添了一些茶水。

母亲却有些心切,"哎呀,我们也这么想来着,可是,怎么才能知道呢?"

"我倒是有个办法,也许能试一试。"客人淡淡道。

"你说说看。"父亲仍像是漫不经心。

"知道导盲仪吗?那是一种电子成像装置,是帮助盲人看见外部世界的新发明,实际上是一个电极和一个纳米级的计算机,通过手术安放在患者视觉皮质上,与装入患者眼部的摄像头相连,拍摄到的景物, 都能转换成电子脉冲, 刺激视觉神经, 最后呈现相应的图像。"

"我们的孩子又不是盲人。他比正常人还要多八只眼呢。再说, 我们也不想在孩子的脑子里安放什么东西。"父亲忽然警惕起来。孩子的眼睛虽然不同寻常, 但总是自然之眼, 要在它后面设置一个机器玩意儿, 有一种说不出的不妥。

"不, 不是安放在脑子里。在这里, 我要说到我的工作了。这些年来, 我一直在做一项研究, 就是在导盲仪的基础上, 发明一种能把正常人视觉皮质上电子信号转移出来的仪器, 这最初是为了研究梦境和幻觉。不需要植入什么芯片和电极, 仅需在颅外接上传感器就成。这是一项全新的技术。用在你们孩子身上, 最合适不过了。"

说着, 来客从随身的包里取出一个盒子, 打开来, 里面有一个头盔似的东西。

"这就是你今天来的目的吗?"父亲说。

"你们可以商量一下, 再做决定。这是我的联系方式。"客人说罢, 递过他的名片。

八、让人不安的试验

客人的最终目的仍然不太清楚。他离开后, 夫妇便久久讨论起这事来。他们终于抵挡不住诱惑，商量的结果，是不妨一试。对于发生在自家孩子身上的事情，做父母的总是想了解个清楚。他们实在是有这个权利。

当然，为了放心，是先在自己身上做试验。做父亲的，如此也才能消弭心中的犯罪感。

按照名片上的号码，给那计算机工程师打了电话。立即，他便赶来了。

头盔似的东西，戴在了孩子父亲的头上，又通过导线和转换器，连接上计算机。客人熟练地按下开关，试验便开始了。

事实上，整个过程十分简单。受试者肉眼看到的一切，都即时转化为电子脉冲，进入头盔中的传感器，又通过头盔传输到计算机里，最后通过播放器，显现在计算机屏幕上。

随着男人头眼转悠和四处走动，屏幕上的画面也在不断变幻。那正是男人视界内的所有景观。男人的双眼，此时完全充任了摄像机的作用。

"这下，该放心了吧。不会有任何问题。"客人得意地说。

"让我们再想想吧。"

做父亲的，忽然想起，孩子曾经在注视计算机时，流露出的忧愁和恐栗。

"还想什么呢。"客人有些着急了。

155

"是啊，亲爱的，我看可以。挺好玩儿的。"妻子也在催促。

最终，男人迟疑着答应了。

计算机工程师拿出一个小尺寸的头盔，似乎是早就为孩子设计好的。父亲见状，再次生疑，但至此时也不能阻止了。头盔戴在孩子的头上，客人按下开关。做父母的，都急不可耐地凑到计算机前。

屏幕上出现了图像，但不是料想中的室内景观，而是灰色的、连续的大雾似的东西。这雾时浓时淡，覆盖了整个屏幕。大家等了半天，雾也不散去。

"这是什么呀！"

父母有些紧张起来。来客皱起了眉头。

九、世界真相

显示在计算机上的怪异图像，做成拷贝，由计算机工程师带回去做分析处理。父母焦急地等待着结果。

两天后，工程师来了。他脸色灰暗，两眼无神，像是熬夜所致。做父母的心往下一沉。

"到底是什么呢？"

"不知道我说的你们能否理解。"来客想了一想，才说，"实际上，你们的孩子什么也没有看见。"

"这是什么意思呢？"

"或者说，他看见了一切。"

"你能用大家都明白的话说说吗？"

"你们的孩子，我看第一眼，就知道他非同一般。当然了，这里面有两种可能性。一种，是这孩子的视神经有问题，它不能正确处理外界信息，简言之，别看他有那么多眼睛，却仿佛是一个白内障患者。但这种可能性不大。所以，另一种，"来客停顿了两秒钟，做了个深呼吸，"则是这世界有问题。"

"你到底想说什么？"夫妇的脸色有些改变。

"简单地说，这孩子的眼睛仅仅是一种形式，单个眼睛与正常人的并无不同，但它们组合起来后，便成为一个特殊的择分漏斗，可以滤掉幻影杂质。通过它们看出去，外界是一片空白，喏，就是那片大雾了。这是一个重大的发现。它证明了一个理论上的推测：我们这些所谓的正常人感知到的这个世界，是虚假的，是不存在的——实际上，这正是真实的情况。"

"啊?!"

"一些怀疑论者十几年前就开始猜测，人类生存在一个幻觉的世界上。世界的真实面目其实是一重大雾那样的东西，混混沌沌，无形无味。有好几个研究小组一直在试图证明这个事实，我也隶属于其中一个小组。但我们始终没有找到足够的证据。这个孩子的来历我还没有搞清楚，但是，我听说过，有人一直想设计一种仪器来对这世界做测试，这孩子，或许，便是这终于问世了的仪器吧。不过，我猜这与你们夫妇无关。你们的身体仅是被某个组织借用了。"

"胡扯，太荒唐了吧！"丈夫恼怒了。他想，原来，这才是这人的真实目的啊。

"毫无道理！宝宝怎么会是仪器！"妻子也气愤地说。

"你、你们别误会，我并没有别的意思。"

说着，来客从口袋里掏出一张软盘，把它插入计算机，原来，是以前的研究记录。客人一边展示，一边解释，说由于设计者的粗心，世界在一些细小地方，露出了破绽。从十几年前开始，有人就在把这些小破绽逐个拼合起来，最后经过计算机模型的演算，发现了世界从整体上看是不真实的。这个用来演算的软件，正是这位来客设计的。

客人说："这件事太大了，超过了古往今来一切事件的严重性。谁制造的这虚假呢？谁又使我们感受不到这虚假呢？研究者们还没有弄清楚。给孩子做检测这事，请你们也千万三缄其口吧！"

客人说到这里，忽然停住。因为，屋外响起了脚步声，似乎有人来到门口。客人露出紧张的神色。父亲奇怪地看了他一眼，起身去开门，却什么也没有见到。计算机工程师更加慌张了，他匆匆夺门而出，跑掉了。临行，他只回头说了一句："明天我要把研究小组里的其他成员带到现场来看一看。他们一直在期待这一天哟。"

他走了之后，夫妇才发现，他忘记了取下戴在孩子头上的头盔。

第二天，客人没有如约前来。

第三天，也没有来。

第四天，夫妇按他留下的电话打过去，没有人接听。

第五天，他们按名片上的地址直接去他住的地方，只见锁着门。

到底发生了什么事呢？

十、大难临头

夫妇惶惶不可终日，觉着有一种不祥的预兆。客人所称的研究小组的其他成员也没有找上门来。

而孩子则很坦然，整天都着迷地玩着客人送来的玩具。

"不管怎么说，我不信他说的。"妻子说。

"可是，他为什么要那么说呢？他好像挺肯定。"丈夫说。

"干脆，我们自己再看一看吧。"

他们又拾起客人遗下的仪器，小心翼翼戴在孩子的脑袋上。操作很简单，他们早看会了。

屏幕上仍然是那重大雾。雾气连绵不断，没有尽头。按照那客人所说的，这便是真实的世界啊。

　　这竟使夫妇着迷了。他们投入地观看，像看一出仙人导演的大戏。若有所思，掉头环视自己的家。两室一厅，是一年前用成本价买下的，用光了工作以来的积蓄。电视、音响、洗衣机，还有成堆的书籍，无不具有极其充分的实体感。

　　他们又看看彼此。忽然，有一种毛骨悚然之感。

　　他们尴尬地转头去看计算机，却惊得张大嘴巴。

　　原来，那上面已不仅仅是雾了。雾中仿佛有个躺着的人影。

　　那人像渐渐清楚了，竟然是计算机工程师。他已经死了，脑袋破碎，眼睛的地方，是两个血肉模糊的窟窿。

　　忽然，这尸体又开始变化，成了马赛克的图形。

　　马赛克又化作一阵烟雾，烟雾又变成漫天大雾。

　　男人关掉计算机，把头盔从孩子头上摘掉。

　　"也许，真如他说的，我们生活的这世界是假的。"他叹口气。

　　"宝宝怎么能看见？"

　　"他长了十只天眼哪！"

　　"天眼，天眼……不是说，与寻常人的眼睛没有不同吗？"

　　"谁知道啊。可按那人说的，组合起来便不一样了。总之，在他眼中，这世界没有任何秘密可言。"

　　"我懂了。那人因为知道了这个秘密，所以，他被灭口了。"

　　"正是！"

"可是,宝宝将来要长大,总是要说出去的啊。"

"如果他的确是为着看清这世界的真相而生的,那他便危险了,而我们的麻烦也就大了。"

十一、国家利益

父亲的预感十分准确。第二天,便来了两个穿风衣的陌生人。他们自称是负责国家安全的工作人员,要带走孩子。

夫妇的脑子里轰的一响。他们半年前便觉得还有一双眼睛在暗地里跟着,现在看来,就是他们了。隐藏着的神秘家伙,终于出现了。那天在门口发出诡秘脚步声的,便是他们吧?

"这是为了国家的利益。"来客耐心地解释。

"你们看,他只是一个寻常的孩子,除了眼睛多了一些。"孩子的父亲惶恐道,心想,国家的利益?

"什么基因突变,什么返祖现象,书呆子们的想法太简单了!"来客说,"现在可以告诉你们,其实并不仅仅他一个。世界各地已发现了很多这样的孩子,只是,一直对外封锁消息。"

"你们要把他怎样呢?"

"只是做个检查而已。我们想知道他们来到这世界的目的。"那两人交换了一下眼色。

"我们能跟着去吗？"

"不可以。我们有专人看护。"

"宝宝要离开我们多久？"

"放心, 只是很短一段时间, 我们会毫发无损地把孩子送还给你们。"

"我们得考虑考虑。他是我们的孩子, 我们有这个权利。"父亲无力申辩。

"没什么好考虑的。"一个人不耐烦地说。

"呃, 考虑考虑也行, 明天我们再来。"另一个年纪大一些的, 看了同伴一眼, 说。

十二、无法逃避

来客走后, 夫妇成了热锅上的蚂蚁。

"我感到, 他们便是杀死计算机工程师的人。"丈夫说。

"啊, 别说了, 好让人害怕啊。"

"恐怕, 我们大祸临头了。"

"他们要拿宝宝怎样呢？会杀死他吗？"

"也许, 暂时不会吧。他们可能仅仅是从那死鬼身上嗅到了什么, 想弄清楚是怎么一回事。他们还不敢胡来。因为, 这孩子不是一般的孩子，他万一失踪，新闻媒体便会大肆报道，他们也会觉得麻烦。真的要灭口，干吗不放一把火把我们全家烧死呢？"丈夫的话，在妻子听来，毫无想象力，倒仿佛是自我安慰。

"他们到底是谁？"她问。

"也许，便是制造这虚假世界的家伙吧。"

"他们有那么大的本事吗？"

"这世上的事，现在谁也说不清楚。"

"如果这世界是虚假的，那么，连他们自己，连他们代表的国家，不也是虚假的吗？这又是谁制造的呢？"

"啊，正是这样的！那么，到底是怎么一回事呢？"

男人感到了逻辑的混乱，便不再说下去。夫妇又去看孩子。他好像是睡着了，留下两只明亮的眼睛，乏力地盯着天花板。妻子俯下身，亲吻了一下孩子的脸蛋，她的眼泪掉下来，落在孩子衣领上。孩子这时又霍然睁开第三只眼，瞳仁中泛动出怜悯的光芒。这种佛陀一般洞悉一切的目光刺伤了大人的自尊。

"看起来，不让他们达到目的，是不太可能的。"丈夫喃喃道。

"不行。反正，不能把孩子给他们。我有一种直觉，这孩子是要被害死的。他们的目的就是要灭口。"

"灭口，你说得太简单了……啊，这孩子，别是要克父克母吧？"

"你可不要那么说，让他听见了！他什么都懂的。"妻子一把捂住丈夫的嘴。

十三、以假为真

是夜, 夫妇躺在床上, 怎么也睡不着。到了凌晨, 丈夫说:"有一个办法, 虽是下策, 却能保全大家。"

"什么办法?"

"我可以说吗?"

"我是你的妻子啊, 你但说无妨。"

"剜掉他那些多余的眼睛!"

"你!"

"这是为了他好, 也是为了我们啊。那样, 就没有谁打他的主意了。"

"不行! 亏你怎么想得出来。这么些年我看错你了。"

"你不要过虑。其实, 自那计算机工程师来之后, 这段时间里, 我便一直在琢磨一件事情。"男人诈尸一般从床上坐起, 表情古怪地说。

他说:"不知为什么, 在那一天, 我忽然感受到了一种至美。那便是那雾所孕育的。原来, 虚假之美竟是这样的纯白而柔曼呀, 多么像古书里说的混沌。我们不能感知它, 是因为我们生来就有缺陷,不具备天眼,又怎么能够怨天尤人呢。所以说,这样做,是为了整个社会、整个人类的续存呀。人类何尝不需要虚假地存在着呢。那孩子仅仅是无法理解大人们的世界,可是,难道我们也不能理解吗?我爱你,我不想因为他,而破坏了我们间的关系。在他的目光注视下,我有时觉得,连我们的感情都是虚假的了。我们今后还是要把生活当作真实的,是吧?"

男人说着,眼里升腾出一股疯狂的光芒。自结婚以来,他的妻子还未见过丈夫有这么可怕的目光。

"你真是这么想的吗?"女人号啕大哭。

十四、最后看一眼

凌晨五点,他们起了床,再次把头盔给孩子戴上,并连通了计算机。

"让我们最后看一眼那真实的世界吧。"丈夫像鹿一样哀鸣,"以后,我们便只能在想象中与它相逢了。"

他按下开关。屏幕上,大雾又静静升腾起来。夫妇像互相取暖一般,紧紧搂靠,却仍然怕冷似的抖个不停。

忽然,雾中又出现了人影。他们瞪大眼睛。人影渐渐清楚了,是一男一女,正佝偻着身子往前走。是两个老人,都拄着杖,再仔细一看, 竟是两个瞎子。

瞎子越走越近, 夫妇看见, 那难道不就是他们自己吗?!

男女瞎子的脸上, 浮现出诡黠而阴暗的笑容。

妻子惊叫一声, 捂住眼睛。

她的丈夫面如死灰, 缓缓转过头来, 一眼看见孩子四肢平展, 躺在床上, 灿烂笑着, 额上所有眼睛都打开了, 兴趣盎然地盯住计算机。

他忽然产生了一个念头: 那工程师不会是在这孩子的授意下被杀死的吧? 不过, 这也没有什么意义了。大家仅仅是一些会活动的皮影, 无所谓杀死不杀死的。

他走到抽屉边, 打开其中一个, 取出剪刀, 把它放在口袋里。

妻子见状, 走到电话机旁。

"你做什么?"

"等你剜眼的时候, 呼叫救护车。"泪人似的女人说。

"还需要吗?"

十五、同 类

就在这时, 传来了激烈的敲门声。

"怎么办? 他们提前来了!"

"把门打开！"

丈夫并没有张口。声音是从床上发出的。是那孩子在说话。

他们怔住。

"你们快把门打开！"孩子又一次威严地发布指令，小家伙就像凉夜中醒来的秋虫，对着月光在孤独而振奋地鸣叫。

夫妇吓坏了，不敢动弹。

"求求你们！"孩子的声音中，蕴含着威胁的口气。

"听他的！"女人歇斯底里大叫。

男人浑身淌着虚汗，哆哆嗦嗦打开房门。

来人并不是那两个穿风衣的不速之客。门口站着一个五岁模样的男孩，见门开了，便跌跌撞撞往里走。男人一把阻挡不住，在孩子经过跟前时，才看见，这小家伙的额头上长着一排眼睛。

他正要关门，便看到外面还有许多额上长眼的孩子，着急地要进来。

看来，不速之客说得没错。世上还有许多这样的孩子。

此时，男人已知命了，便把他们悉数放了进来。

总共有四五十个孩子，兴高采烈地跳跃着拥入，把屋子挤得满满的，他们的眼睛像无数银光烂闪的飞虫，在这狭小的空间里盘旋曼舞，又如同某种祭神的仪式热烈展开，把房间照耀得如同白昼。

此时，这对可怜的夫妇看到，他们的孩子从床上自己就坐直了身子,快乐地笑起来,不知什么时候,手里出现了一把剪刀。哪里像是半岁的孩子!

所有的孩子也都开怀大笑,把两个大人包围在中央,而他们则快速地满屋绕圈走动。他们把攥紧剪刀的右手反背在身后,而整齐地向前摊开左手,每个人的手掌里,都盛放着一对剜出来的大人眼睛,正滴滴答答流淌鲜血!

发表于《科幻世界》2002年第7期

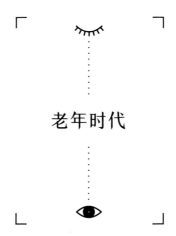

老年时代

一、托　梦

　　小木梦到了父母。自他们十五年前去了养老院后,小木就没有梦到过他们了。小木一天也不想他们,连电话也不打。小木没有家,独身一人。他或还记得父母,但差不多忘记他们长什么样了。昨夜他梦到父母血淋淋地站在面前。小木从床上爬起,走到窗边。窗帘积满灰尘。他想了好一阵,才把它拉开。城市展现在眼前。街上一人亦无,摩天大楼遮天蔽日。这是东部沿海大城市,调节天气的纳米云,水母般飘浮在天上,围绕它们飞翔着各式彩图,这是利用气流,或云粒子,用激光,或直接把颜料喷洒到空中,绘制成美不胜收的画幅。城市唯一的人工智能看护专家是一位艺术爱好者。它画给自个儿欣赏。人工智能看护专家负责城市的生产和消费,并照料居民的吃喝拉撒睡。小木每天无所事事。看护专家便安排一些消遣给他,比如让他没日没夜地玩电子游戏。他始终待在室内,足不出户。然而，独居十五年后，他突然梦到了父母。这让他不舒服。父母的样子很可怜。他觉得，他们在思念他，在召唤他，在向他托梦。他们可能遇到了麻烦，说不定死了。他怔怔地想了半天，最后决定去探望父母。

小木向看护专家提出申请，很快就被批准了。看护专家还配备了一架自动航行器送他去。小木从未旅行过，也不知父母在哪里。但看护专家都安排好了。航行器升空，向西飞去。小木朝窗外看，才意识到这个国家很大很大。他看了一会儿舱内影视娱乐节目，又想了想父母。他应该是与父母一起生活过的最后一代人。在他小时候，父母就以老人的名义，被移民走了。城市中只剩下年轻人。小木还有个弟弟，但他也已很久未与弟弟联系了。

飞了约两小时，下方出现了一望无际的、小木从未见过的大沙漠。渐渐地，沙漠中涌现了一座座海市蜃楼般的城市。它们比沿海的城市还要大，密密麻麻簇挤在一起。城市形若金字塔，却比金字塔更宏伟。小木一时觉得自己不像是在地球。

二、移民新城

航行器降落在一座金字塔边。一名少有表情、身穿深色西服套装的少女来迎接小木。她自称小米，是城市的公关主管。她已从看护专家那儿获知了小木来临的消息。"欢迎来到天堂二十八。"小米说。"天堂二十八?"小木诧异。"就是这座城市的名字——我国一百零八座老龄城市之一。统称天堂。这是第二十八座。这儿居住的全是老人。全国老年人口总数已达十亿,所以在沙漠中建设了单独的城市让他们居住。"小米照本宣科地说。

随后,她带小木进入城区,首先来到展览馆,按照程序,先观看一部立体影片。小木看到,西部无垠的沙漠上,果然密布着一群群的金字塔巨城。十亿老人都集中居住在这儿,人口密度达世界第一。小木心想,何时能见到父母呢? 小米却不急,又带他参观市容。与小木居住的沿海城市不同,这儿宽阔的马路上长满胡杨树,经过基因改造而像银杏一样高大,胡杨林中分布着蛇形、龟形和鹤形的商厦、酒楼与戏院。成群结队的老人出现了,笑容满面,勾肩搭背,川流不息,熙攘热烈。这仿佛是小木久远记忆中的一幕。他年幼时,东部沿海的城市还不是如今这样冷冰冰的,街上还有人,还有老人。他又看到,天堂二十八中,有许多模块化的机器人,装成逛街的样子,实际上是在监测老人的行为,准备随时为他们提供服务。这是高度自动化的城市,大概也是由一位人工智能看护专家照料的吧。

小米又引领小木来到一幢大楼。这是管理中心,储存着所有老人的档案。小米调出了小木父母的资料。原来,资料早为他准备好了。资料显示小木的父母还活着。小木松了口气,他还以为他们死了, 才托梦来的呢。父母目前住在"葡萄与刀"功能区。功能区也叫主题公园。天堂根据老人们的喜好, 做了这样的划分。有的老人喜欢军事, 有的老人热爱大自然, 有的老人沉湎学习外语, 有的老人热衷扮演间谍, 等等, 都做了特殊安排。住在"葡萄与刀"功能区的, 据说是些痴迷野生动物的老人。这样一来, 按需设计, 老人们的愿望便都得到了满足。传统的养老院跟天堂没法比。小木急切想要见到父母, 却又害怕见了面不知道说些什么好。他毕竟已有十五年没有见到他们了。

三、父　母

在"葡萄与刀"功能区或主题公园, 建设有连排的鼠窟似的居住屋, 条件很好, 十分的现代化。在这里, 小木终于见到了父母。两位老人像孩子一样安静地坐在炕头, 一人怀里搂着一只灰扑扑的鸵鸟。他们埋头慢慢梳理鸵鸟的羽毛, 脸上浮现出若有所思的神情。过了好半天, 一人突然抬头, 仿佛认出了小木, 却没有说什么。又过一阵, 另一人也看了他一眼。小木这才确认, 他们果然是他的父母。

又待了好一会儿, 母亲对小木说:"沙漠里有很多的鸵鸟, 跟沿海不同。记得我们老家那儿只有海鸥呀……鸵鸟可是天堂的宠物。我和你爸认养了十只。分别代表你、你弟弟和你们的老婆孩子。"

小木着急地想说，我还没有要孩子，我仍单身，对婚姻也不感兴趣。但他最终没有说，或许是怕刚来就惹得父母不高兴吧。"你们还好吗？"他说。"很好，很好。""缺什么吗？""不缺，不缺。"父母侧目瞟了一眼小米，又低头看鸵鸟了。小木这才意识到自己是空手来的。他没有为老人捎礼物。这一代人连最基本的人情世故都不懂了。小木却也没有不好意思。他还惦记着来探望父母，算是不错了。小米对小木说："瞧见了吧，这里什么也不缺，吃的、穿的、住的、用的，都由天堂安排得妥妥当当的。孝子，你就放心吧。""孝子"这个词让小木一阵痉挛。父母见状，捂住嘴哧哧笑起来。

随后是午饭时间。老人才显得兴奋。天花板旋开一个洞，掉下一条金属传送带，运来了热气腾腾的手抓羊肉饭。但只有三份，是配给父母和小米的。父亲伸出手，大把抓来送进口中。母亲想了想，从自己那份里，分了一些给小木。"很少有孝子来到天堂，这方面设计得还不够周密。"小米像是抱歉地说，也从自己的碗中分了一些饭给小木。两位老人吃得满嘴冒油，那样子像是许久没有吃过饭了。他们又扔了一些喂鸵鸟。鸵鸟们贪婪的吃相颇似中生代的食肉类恐龙。

然后，父母要睡午觉了，他和她双双搂抱着爬上炕。小木站在炕边看两位老人。他们抹了油的头发披散在床头。小木感到陌生，心里有些哀伤。好在有小米陪伴，又聊了一会儿天。鸵鸟就在边上走来走去,用好奇的眼神凝视访客。下午快五点钟,父母醒来,看见小木和小米还候在炕边,就说请他们一起出去玩。大家便离开"葡萄与刀",来到天堂外面的大沙漠。这里停满了涂迷彩的沙漠车。小米帮老人和小木买了票,然后大家跃上车,驶入沙漠。

四、沙漠游嬉

父母和小木坐在一辆车上,小米自驾一辆,在一旁跟着。他们上沙山,入沙海,纵跃腾挪。两位老人乐得开怀,不停互相击掌。鸵鸟就跟着车子飞奔,双爪刨起滚滚烟尘。不久,小木发现,小米和她的车不见了。他也没在意。"沙漠虽然荒芜,却是天堂最好的游乐场。每天不来玩一次,就浑身不舒坦。"父亲说。"别累着呀。"小木担心地说。"瞧,身子骨硬朗得很呀。一点儿问题也没有哇。"头戴风镜的父亲舞动双拳,咚咚拍打胸脯,嘴里发出练功似的"嘿、嘿"的音节。"他很像隆美尔呀。"母亲用气声笑道。

纵目看去,还有成千上万的沙漠车,蚂蚱一样,漫山遍野,嘟嘟嘟的。老人嘴里模仿打仗的声音,举着仿真枪,从车厢中探出身,彼此射击。有的车撞翻了,老人栽入沙中,立即有救护机器人从地下嗖嗖钻出,及时进行处理。老人经过简单包扎,又飞身跳上赶来接应的车辆。战争继续进行。"大家都活得蛮好的。你其实没有必要来看我们。"父亲完成了一轮激烈的射击,突然掉头对小木说。"天堂,是一片自由的土地!"母亲叫道。小木不敢说,他梦到他们浑身鲜血的样子了。这时母亲抽出一支烟点燃,吸了起来。小木才记起母亲原是一名舞蹈演员,而父亲是一位大学物理教授。他觉得老人的嘴巴就跟针一样。这跟他记忆中的不太一样,毕竟十五年过去了。

　　他们一直玩到夕阳西下。沙漠才宁静下来,显得更加广敞而辽远,并从天到地染上了赤红色。相邻的多座金字塔城市在阳光的透射中显形了,耸肩伸腰突入晚霞深处,好似神话中的巨灵神。暮霭中,还有许多老人在玩跳伞。从千米高的跳伞塔上,一群接一群跳下来,灵巧的身形曳滑过太阳表面,跟黑子似的,高空中飘来他们呦呦的叫声。小木想,这一切果然是真的呀。但怎么觉得像是看电影呢。他发现,小米正站在跳伞塔最高处,举着望远镜默默眺望他们。

　　天黑了。父母邀小木共进晚餐。就在沙漠边,在胡杨林中,宰杀掉鸵鸟,肠肠肚肚弄了一地,然后现场烧烤。小木想,也许小米还在监视吧。不管她了。父母一边吃,一边喝酒,还唱起歌,是台湾歌手罗大佑的《光阴的故事》。他们请小木也唱,他只好尴尬地加入。这首歌他并不熟悉。他们三人唱了一遍又一遍,好像在模拟失散家庭的重聚。这时,整个野外一片光明,许多球状聚光灯在头顶上方飞来飞去,一场盛大的露天集体婚礼开始举行,八百八十对老人身穿结婚礼服,脸上挂着一模一样的笑容,迈着正步出现了。他们是

来到沙漠城市后, 才互相认识的, 并迅速产生了恋情。在主持人的
安排下, 老人们嘴对嘴吹红气球。气球一个个吹破了, 鲜艳的橡胶
粘在满是皱褶和口水的嘴上, 像刚刚用完的劣质避孕套。最后老人
们的身上也缠满气球皮, 混合了浓稠的唾沫, 在夜色中闪闪发亮, 如
浸在新流出的鲜血中。这很像是小木梦到他父母的那一幕。

五、幸福生活

但令小木不解的是, 父母拒绝了他晚上与他们同宿的请求, 似
乎在最后一刻对于是否要把合家欢聚的气氛推向高潮有所保留。小
米则为小木安排了下榻的宾馆。她开了一辆越野车接他回去。城
里有一座阿拉伯风格的宾馆, 是专为省亲者修建的。夜里, 小木寂
寞难眠。他走到窗边, 望向城市。沉重的金字塔像一只红艳艳的大
灯笼。老人们轻盈如飘行在灯芯中的各路神仙, 神采奕奕, 唱着歌
儿, 成群结队地漫游。有的人在喝酒, 有的人在跳舞。中心广场上
还有一些老人在发表演说, 高谈阔论着时政、经济和军事话题。嘹
亮的歌声在大街小巷回荡, 有民歌、美声, 有军歌、校歌, 还有青春
歌曲, 甚至是沿海城市里刚流行不久的歌曲, 也传至此了。但主旋
律最后一致回归了《光阴的故事》, 汇聚成集体大合唱。这样一直闹
腾到凌晨才稍稍安息。小木想, 父母也参与其中了吧。他们真是享

福啊。怪不得不让儿子同住，怕打搅了他们的夜生活吧。但他又觉得哪儿不对。

小木对着客房墙壁唤了一声，立即有立体影像投射出来。小米显形了。她换了一套粉红色的迷你裙。没待小木提问，她便热情地向他介绍城市的来历。据小米讲，最初，是在各地设立养老院，但发现满足不了需求。为了应对老龄化的汹涌浪潮，根据新的国土规划，在西部沙漠中建设了第一座独立城市，即天堂一号，专门接待老人移民。这相当于试验区，在取得经验后，又兴建了更多的这类城市。这么做，经过了充分考虑，因为养老是一个极其复杂的系统工程。当老年人数量达到一个特定值后，社会便会发生质变。这时，老年人和年轻人的世界，将逐渐分化成两极，慢慢地就无法交叉了。老人也越来越不愿意和年轻人住在一起。因为老年人的一半，是融在死亡中的，他们眼中的世界是另外一幅景象，这样就会爆发冲突。"不过，设立老龄城市，最重要的还在于，我们几千年的文化中，有尊老的传统，任何时候都不能丢呀。"小米说，幸好有了广阔的西部沙漠，否则传统就无法延续。在老龄化时代，那些面积有限的小国都崩溃了，世界上只剩下了几个大国。老人离开后，年轻人就可以放心大胆去干很多事情了。如果老人在，就不那么容易，就会有阻碍。小木想说，不，不是这样的。我们年轻人现在待在东部沿海的城市中，什么也不干，成天混日子，像行尸走肉。

小米没有在意小木的心情, 接着说: "至少, 避免了不同代际间的战争。从大家庭的融融一堂, 到彼此仇杀的争斗, 这种过渡, 一夜间就会到来。因为人是极不可靠的动物。亲代和子代之间的关系很不稳定, 是一种急剧波动的利益关系。家庭只是物资匮乏阶段的一种苟且组合, 终将瓦解。没有谁能预测明天会怎样。老龄社会是人类进化史上一种崭新而暴烈的社会形态, 比当初奴隶社会过渡到封建社会、封建社会过渡到资本主义社会、资本主义社会过渡到社会主义社会, 所引发的震荡还要大。对于究竟将要发生什么, 没有确凿可靠的研究。最好的做法就是把他们隔离开来。这样老年人也可以受到更周全的照顾, 从而幸福地安度晚年。"

小木问: "我爸妈还能活多久?""在天堂, 通过医学工程控制, 包括利用微型机器人清洗身体, 替换人工器官, 进行基因修补, 人类平均寿命可达五百岁, 甚至更长。""他们果然能得到他们想要的一切吗?""哦, 应有尽有。""呃, 那个呢?""哪个啊?""就是那方面啊。""你说性吗?"小米哼了一声, "没见他们的身体倍儿棒吗? 这方面没有任何问题。他们甚至比年轻人还要强。天堂里不玩虚拟游戏。""真是出乎意料。""是十全十美。你尽可以放心了。"小木想, 父母操劳一生, 至此才在天堂中过上了幸福生活。想到这也或许是自己的未来, 他不禁憧憬起来。

小米又问: "哦, 你一人来此, 还有什么需求吗?"女人的声调变柔软了，竟意外地带有一种媚惑感，她裸露在迷你裙下面的两条白生生的大腿像在静静燃烧，她蒙眬的眼神就跟小木熟悉的电子游戏中的女人一样。但这是在西部沙漠，他有些胆怯。他很累，疲倦得快睁不开眼了。"我没、没有需求。你走吧。"他生硬地说。"这么多年，你是第一个来这里的啊。"她像是依依不舍地与他告别，消失前的一瞬间表情又变冷酷了。

六、返璞归真

这夜，小木睡得很好。住在天堂，噩梦没有了。凌晨，他突然惊醒，走出客房，随便逛逛。八十多层的酒店，竟然空空的。除了小木，没有别的客人。每个楼道中都在播放《光阴的故事》的背景音乐。为什么是这样呢？他突然意识到，或许小米在这儿等他多年了。她是这沙漠城市中唯一的年轻人。对此他想不明白，也不愿多想，就赶紧回到客房。

小木吓了一跳，他突然发现自己进入了五彩斑斓的世界。客房四壁挂满油画，是老人的作品，画风粗犷，颇似史前岩洞的壁画：下面有画家的签名，正是他的父母。看样子，他们是在天堂学会画画的。老人的艺术想象十分奇特，展示出超凡入圣的天分。画面上，有把自己的肠子撕拉出来吃掉的鲸鱼，有长满几十只眼睛的怪物，有微笑着坐在沙发上死去的孩子，还有围绕尸体转来转去的鸵鸟……

在小木的印象中，父母不是这样的。不知道他们什么时候有了这样的趣味。但既然到了天堂，人总会变化吧。不，也不是变化。他们好像一夜间返璞归真了，把隐藏的潜意识，重新挖掘出来，尽情释放，无拘挥洒；而来这儿之前，要在儿女面前装得一本正经。这是早先的社会形态对人性的束缚和扼杀。天堂果然是无比自由的啊。是了，以前的父母，仅仅是小木和他弟弟的基因传递体。而现在的父母才原形毕露，展现了他们的丰富性。他们曾经一直在他面前死绷着，他们一度过着多么憋屈而压抑的生活啊。他不禁嫉妒他们，并对自己的生存境况产生了怀疑。他盼望有一天也能来到天堂，跟父母一起，坐在炕上，学习他们一笔一画、细致入微地描绘那些变态的事物。

于是，小木离开宾馆。这回，他不知不觉走进了小巷。他看到了许多一动不动的人，孤零零地沉默坐着，好像是被抛弃的老人。还有巨大的垃圾山，是昨天不曾见的。有很多动物的尸体，包括鸵鸟；还有些别的，像是合成生物，也都死了，残肢断臂随处乱扔。似乎走进了天堂不能示人的后院。他既惊且惑，赶紧逃离，重上主道。他又走在光鲜华丽、人山人海的老人中间，而他们对他的闯入视若无睹。他还记得去"葡萄与刀"功能区的路，于是回到了父母住处。他们对儿子事先没有约定的突然造访有些不悦。

父母正在玩一个杀人游戏。地上扔着一具尸体，是老人的仇人，当年的同事。有两把染血的刀。父母蘸着血在吃葡萄，小木大惊失色。父亲边吃边说："没事，在天堂可以随便杀人的，只要提出申请。"母亲说："这里的一切，都是为让老人高兴而设立的。是真正的童话世界。十分自由。"父亲说："对于我们来说，其实也不需要提出申请，因为一切根据我俩的指令行事。"母亲说："因为我们就是最高执政官噢。"什么？最高执政官？小木不敢相信自己的耳朵。父亲摸摸母亲的脸，笑道："城市是由我们两人统治的。这却不是童话。"他们又噗噗地吃掉了更多的带血的葡萄。

这时，小米追来了，她也不太高兴。"你是客人，没有我们的安排，不能随便出来的。"她说，"要看父母的话，得由我引领。"父母请小木赶快离开。"他们是最高执政官，不能想见就见。"小米斥责小木。真的是最高执政官？他想到他们在沙漠车里大呼小叫、举枪射击的样子。

小米便带他去看了一个场面。中心广场上聚集着几万名老人，正在投票选举。原来，他们要选出城市领袖，也就是最高执政官。小米说："在天堂，每个人都可以当领袖，都可以拥有最高权力。只要是天堂的合法居民，愿望都能得到满足。""这怎么可能？""是让他们觉得被满足了。领袖什么的，其实只是个名分。但老人要的不就是名分嘛。现在，天堂二十八里，一共有一百三十八万五千二百一十九名最高执政官, 他们对自己的家庭行使着充分的管辖权, 但我们通过电子神经装置在他们的大脑皮质上造成一种印象, 好像他们管理着整个世界。由于没有年轻人的竞争, 老人身体健康, 活的时间又长, 就都想着要去做一些不朽的事业……人无非是这样。劳动和工作, 在这儿成了人们的第一需求。"

小木想着父母刀下的那具尸体, 问: "杀人又是怎么回事呢? 也是劳动和工作吗?" "这也是人性呀。我们会制造出一些克隆人来让他们杀掉。在天堂, 基因工程水平很高, 克隆人是被设计得没有痛觉神经的。但有杀人需求的老人并不像你想象的那样多, 也就十几万个吧。" 小木闷闷不乐, 仿佛这才更加深入地认识了父母。

他回到宾馆, 见墙上又换了新画。是刚画出来的。不再是那些阴郁的了, 而是大海、太阳、蓝天、鲜花、儿童之类。它们映照着房间, 好像投射出了父母杀人之后心情的变化。

七、孤 独

之后, 经过小米的允许, 每天小木可以与父母通话一次。他向他们提问: "觉得这样活着有意思吗?" "有意思啊, 有意思啊。" "什么是意思呢? 我提出的问题, 你们觉得没有意思吧?" "多么自由啊, 多么自由啊。" "我要走了。" 小木想说的是, 你们舍得吗? 老人异口同声说:"没有关系,没有关系。""真的不想让我留下来陪你们吗?""不想,不想。"

小木越来越觉得,这里面有某种不对。但小米告诉他,在天堂,不对就是对。这世界本来就是一个逆常规的创新,它解决了人为什么活着的问题。

说到小米,她的形象每夜都会以三维投影呈现,陪小木聊天。她像是怕小木睡不好,甚至怕他出事。年轻人初来天堂,还不能适应。这样,直到有一天,她开始用自己的真身陪他睡觉。小木以前还从没有与现实中的人类发生过关系,他只在游戏世界里与女人厮混,因此这令他疯狂。而小米比他更来劲。她不停地大声嘶叫,像要把五脏六腑都喊出来,仿佛忍耐了多年。他不禁觉得,是他在陪她。看望父母的主题已经发生了变化。这才是他来到天堂的真正目的吗?整个是她设的一个圈套?

"爽吗?"他小心翼翼地咬住她娇小而瘦削的身体,觉得她烫得怕人。"你不明白。"她陶醉地闭着眼,像回到江湖中的鱼儿一样嘘嘘吐气,说出的话竟像他的父母。小木想,压抑太久了吧。以前是老人感到压抑,现在换年轻人了。天堂的每个老人都拥有很大权力,都是统治者,都是执政官,这意味着,这女孩其实是生活在一座座的大山下啊。她一个人在为亿万人服务。他不禁怜悯起她来。这是一种从未体验过的新情愫。他眼眶湿润了。

这时, 墙上的画幅在黑暗中显形了, 吐露出艳阳一样的光芒, 在这老人像蚂蚁一样汇聚的城市里, 格外的明亮而炽烈。但到了极处, 却又放射出阴沉颓败的气息。没有想到, 与小米的交合竟带来了这样的刺骨之感。但不管怎样, 男人和女人之间才好像打开了一扇通往幽暗燠热之境的久闭门户。这两个世上最孤独的人, 来自东部沿海的小木和住在西部沙漠的小米, 在精神和肉体上飞快地走近并聚合。他与她在一起, 比跟父母在一起更为坦荡。

《光阴的故事》在耳畔回响:"风花雪月的诗句里, 我在年年地成长……"

八、大运河的水底

此后, 小木变得更胆大, 他又一次离开宾馆, 就像逃亡一样。沙漠深处那空无人烟、阴森凄异的宾馆虚位以待, 被红红火火的老人社会包围; 兼之整个夜晚, 在老人的歌唱中, 又筋疲力尽与孤独疯狂的女人做爱——这一切使得男人快要分裂。他越来越想去看父母现场作画。他对艺术产生了空前的兴趣。

但还没出宾馆大堂, 他便迎面撞上小米。她此番穿着迷彩制服, 足蹬高筒马靴, 雄赳赳地双手叉腰而立, 阻住他的去路。他只得低头。她气冲斗牛, 像个女勤务兵。他如坠梦中, 不由得十分沮丧。

末了只好跟她走。这回，他们去坐沙漠车，像要重演什么。他哑然失笑。周边都是老人，而只有他们两个年轻人，极不协调。他们启动时，一群群早已候着的老人也发动了，亢奋地嗷嗷叫着直追上来。

"他们以为我们也是老人吗？"他不安地问女人。"是吧。""为什么？""老人最狡猾也最易受骗。"两人的车子越驶越快，向沙漠边缘开去，把老人的大军甩在后面。这帮家伙开始还试图追上他们，但很快累了，也像是忘记了，或者兴趣点转移了，就玩别的去了。"他们总是不能集中注意力。若能集中五分钟，就不是这样了。"她不高兴地说。"所以，你一个人，就能管理好他们所有人，是这样吗？"他直视她的眼睛，但什么也没有看出来。"是的。噢，但是，不，不……"她有些前言不搭后语，不再说什么，只把注意力集中在驾驶上。小木不禁神志恍惚。

不久，他看到前方浮现出了亮晶晶的景观和蒸腾的雾气。原来，沙漠边上，分布着巨型水系。但不是尼罗河，而是人工复制的大运河。小米说，这是按某位老人的要求而设计的。还有一些状若十九世纪末期工业革命时代的烟囱和厂房，粗大有力的烟柱像金属棒一样戳进天空，与眼球一样的浑浊日头迎面碰撞，似发出轰隆声。河边有一些晒太阳的老人，还有一些捕鱼的老人。另外就是高大的堤坝，下方似藏有发电厂。这一带的老人好像不是那么多，却更似偶人，悠闲轻松。小木像是经历了一次穿越。"不知有汉，无论魏晋。"

他念叨。像是不明白他在说什么,小米瞥了他一眼。

来到河边,小米嗖地跳下车,脱掉衣服,开始裸泳。她那像是千年不朽胡杨的身材吸引了男人。他也跳下去,两人追逐着潜水相嬉,不觉来到深处,身体被漩涡吞没。这是一处人工漩涡,拽住他们垂直下降,进入水底下的厂房。果然,这就是支撑整个城市运转的发电厂。这里开辟有广阔的空间,形成地下城,是货真价实的控制中枢,又好似小米本人的家园。操场般的地面上,排列着亿万只粉红色玩具,形成团体操一样的队形,都是一人多高的陶瓷凯蒂猫,但头型和眉目皆为老者模样。

小米说,这水底下方的厂房,便是天堂的镜像世界。她打开一只猫咪的天灵盖,露出了深深的腔子,从中冒出极寒的青白色气体。她又打开一只,再打开下一只……让小木逐一看视。原来是特制的棺材。每只里面,都装着一具干尸。小木的父母也在其中。女孩兴高采烈地逐一展示给男人看,就好似向亲爱的人披露闺房秘密。原来,所有的老人都闭上眼睛藏在这地下空间了。

“那么,这些天我见到的又是谁呢?”小木惊骇而呆滞地问。

九、节能模式

“哦,他们是这座城市的人工智能看护专家制造出来的假人呀。"她慈爱地摸摸他的脑袋,对他坦言。小木眼前出现了父母佛陀般安坐不动手抚鸵鸟,或者高声疾呼驭车奔驰的生动模样。他想,城是真的,人却是假的。他还从那么遥远的地方,飞过来看他们。沙漠中的一百零八座城市,这些叫作天堂的地方,原来是鬼城。他却因为一个梦,千里迢迢奔赴此间来晤亲人,还要看他们画画。他又想到,以前听人说过,亲人只有一次的缘分,无论这辈子相处多久,一定要珍惜共聚的时光,下辈子,无论爱与不爱,都不会再相见。但看来不用等到下辈子了。

"最初都是活人,但后来看护专家冻结了他们。"小米说得轻描淡写。她带领他在神色木然的猫咪阵列中穿行。猫儿们鼓着发紫的眼泡,冷冷地从四面八方盯着他们。她介绍道:"在看护专家看来,生命只是一些生物电流的涌动。它并不认为他们已经死了,它觉得他们只是换了一种存在方式。在你这样的尊贵客人来访时,还可以临时启动机器,释放出用纳米技术制造的模拟人,重新铺陈出城市的繁荣昌盛。""演戏?""不,只是转入节能模式。"

小米说,老龄化城市的试验其实失败了。由于老人数量实在太多,且他们贪得无厌,这上百座沙漠城市一度成了国内最厉害的耗能大户,这样下去他们甚至会用光整个星球的资源。连人工智能看护专家也看不下去了。为了东部沿海城市的年轻人能够存续,就必须转入节能模式。按照效益优先原则,看护专家做出了冻结的决定。

"在宇宙中，生命之争就是能量之争。"她说。"十亿人，都被冻结了，难道国家不知道吗？"他问。"这儿不就是早已自成为一个'国家'了吗？""什么意思？""没什么意思。""为什么告诉我这些？""噢，我们已经在一起睡了觉嘛……"听了这话，小木下意识攥紧拳头。他才觉得这个女人陌生而危险。

小米说："实际上，在你内心深处，你父母早不存在了。所以又有什么关系呢？""不是这样的，我梦见他们了……""是的，是的，这却是你的殊异之处。但在你这一代，人类已不会做梦了。"小木于是怀疑起了自己。他的申请那么容易就通过了。而看护专家应该了解所有的实情。它应该阻止他来。是啊，为什么只有他一人前往天堂？"我是活着的吗？"他犹疑着小声问小米。"这很重要吗？"她的语气，像是责怪他都到了鬼魂云集的天堂，还如此天真。"不重要吗……""哦，什么叫活着，什么叫死亡，天堂有天堂的概念。那仅仅是信息组合的不同方式罢了。换一个角度看，你完全可以认为，你父母仍然活着。他们正以新的方式活着。"说着，她把一个猫咪抱起来，使劲摇了摇。里面发出板结的肉体与金属外壳剧烈碰撞的咣咣声。

"这不是我要看到的……"小木说。"其实是你不想看到的，你在拒绝变化。你跟你的父母，一直在较劲。你不满他们提出的要求。噢，老人们移民沙漠城市后，提出了许多的非分要求，才导致能量的消耗以指数级增长。"什么非分要求？""千奇百怪的想法，你不是已经亲眼见到了吗？比如，他们提出，每个人都要当一回国王，还要随便处置他人的生命。他们还想做宇宙航行，去银河系的中心，要建立上帝之国那样的伊甸园……因为是老人，所以看护专家不能拒绝他们，只能尽量满足大家的愿望。但后来，它们觉得这太可怕。以旧的形态存，人类就不仅是多余的，而且是危险的啊……""有时我也这么想。"小木感到自己的话音像是从一具尸体的腹腔中发出来的，他又注意到在小米口中，看护专家由"它"变成了"它们"。

十、画　画

晚上，小木向认识的所有人发出邮件。这些人中包括他久未联系的弟弟。他不知他们是否还活着。他告诉了他们天堂里发生的事情。他跟他们讲，西部沙漠中隐秘的巨型金字塔城市里匿藏着不为人知的秘密。这是一个阴谋。人类的自由已被剥夺。不仅自由，连生命都被扼杀了。"我们的父母已被干掉——为了'节能'，为了抑制'非分要求'。据说这样做是为了我们这些下一代，但这肯定是谎言。世界正在发生某种可怕的变故，但我不知道接下来还会发生什么。"

随后，小木向自己所来的城市提出申请，要求回去。他要回到那儿，去找离群索居的年轻人，要唤起他们。但负责照料东部沿海城市的人工智能看护专家对他说："你不能回去了。接到了你的孩子送达的申请。他们希望你提前入住天堂。""荒唐。我没有孩子。""这是假象。你有孩子，但你忘记了。他们早就被遣送到了大海另一端的远方，在那儿集中定居。现在，他们发来了申请。他们本想来看望你，但觉得或会看到意料外的事物，遂作罢了。"看护专家告诉小木，他那个关于父母的梦境，就是他的孩子们制造的，并委托看护专家送抵了他的脑海，成为他前往天堂的凭据或借口。

小木突然记起，小时候上学时，电子老师讲过，大洋彼岸的世界叫作地狱。看护专家又说："其实，从你们这一代人开始，每个人一出生，就已进入老年。但你可能是我记忆中的最后一个年轻人。"小木怀疑看护专家又在制造新的假象和诱饵，便说："太残酷。""噢，是更仁慈。"看护专家说罢，便消失了，只在三维影幕中留下一个长相滑稽、表情痛苦的人形符号，看上去很像小木。

这个符号又迅速变形成了小米。这回她换上了一身孕妇装。她对小木说："留下来吧。天堂很久没有来过活人了，我们只是在怀念逝去的时光。你是唯一的，请选择功能区吧。会为你配备一个异性。""干什么用？""当老伴啊。""我可以挑吗？""不能。""为什么？""因为她便是我哟。"小米干巴巴地说，连一丝羞涩亦无。"这又是为什么？""我太寂寞了。"她这才像是笑了一笑。小木再次想到，所有的这一切，都是她安排的吗？他猜，小米本人便是照料天堂的那个看护专家。接下来会有时间验证这猜测的。他的余生还长得很，要活到五百岁。不，要活到一千岁、两千岁……一万岁，会永远活下去，以各种各样的模式。另外，他早该想到了，在这个国家，比人类还寂寞的，便是人工智能看护专家啊。他想，我究竟是谁呢？他便妖里妖气唱起来："就在那多愁善感而初次回忆的青春……"

"往后，你最想做什么呢？"小米不耐烦地打断男人的演唱，做出关怀的样子问。"画画！"小木鼓起勇气回答。

发表于《科幻世界》2013年第10期

获第二十五届银河奖最佳短篇小说奖

冷战与信使

铁鸟知道自己将不久于世，于是，他开始努力回忆往事。

他躺着，看着反射镜把众星的景色射入。他以为那是梦幻。

他想象与他的女人第一次见面时的情形。

那时候所有的行星都还在冷战呢，他回忆到，僵死的心中荡起一丝转瞬即逝的兴奋。

初识她时，他以为她是瓦刚星人。但后来发现她是地球人后，他与她便偷偷开始了来往。

那时候结交一个姑娘并不容易。搞不好要判七年徒刑。

铁鸟苦闷的是，尽管他对她殷勤备至，但她却若即若离，关键问题上老回避。

后来女人告诉他，她已经有了一个相好。

"你应该早说。他是干什么的？"铁鸟装着大度的样子，咻咻笑着说。

"他在一个保密单位工作。"

"还保密单位呢。保什么密呀？说给我听听。"

但那姑娘转言其他。

铁鸟回忆到，他当时愤而决定和她断绝来往。但过了三个巴纳德星日，他熬不住，便又去找她。

他仍然醋意地想着那人。

"他常来看你吗？"他不想涉及这个问题，但不知怎么的，话脱口而出。

"不。他经常出差。"

她想了一下才说，一边漫不经心望了一下反射镜。那时候太空中刚装第三个反射镜。

没有人知道反射镜是干什么用的，人们为什么要装它们。

它们悬挂在空中，像一个个问号。有时铁鸟想象，它们是一具具上吊的僵尸。

生命恍惚便是这样，他想。

"怪不得我从来没见过他。"铁鸟说。

"不过他快回来了。"

她对铁鸟诡黠地眨眨眼。他觉得她的样子可爱也可恨。他笑不出来。

几天后他再去找她，她都不在。他想是"他"出差回来了。又过了痛苦的几天，他才见着她。她流光溢彩的目光中有一丝忧郁。

"是他回来了吧？"铁鸟装着不经意地问。

"回来了，又走了。"

"他们出差挺频繁的啊。哪像我这种人，整天无所事事。"

"下次他一回来，我们就准备结婚。"

铁鸟愣了一下。她看着他，嗤地笑起来。

"妹夫到底是做什么的？ 总不能保密一辈子呢。"

他酸酸地开着玩笑，希望最后给她留下一个好印象。

他已决定真的不再去找她。

她犹豫一下，说："他是信使。"

铁鸟这样等级的人是没有见过信使的。

信使仅来往于笼罩在强力防护网下的深宅大院。

他们有着永远年轻的面孔，更重要的，他们可以在众星间驰骋。

而一般的人，是被禁止境外旅行的。

信使的介入使铁鸟感到了威胁。

冷战时代的信使是多么神秘而不可接近的人物啊。在这个坐在隐蔽室中就能凭借技术洞悉天下事物的宇宙里，信使保留着各大星系最后一点儿秘密。

处于冷战状态的各个星球都有自己的信使组织。他们是秘密信息的携带者。目前没有一种技术手段能保证信息不被窃密。但是信使使用的是原始的人力, 超越了技术的局限。

信使也有可能被敌方捕获。但是藏在信使脱氧核糖核酸分子结构中的密件很难窃取。信使的存在, 使通过时空"晶格"传输信息的被窃密概率下降了二十七个百分点。

尽管铁鸟听说女人的相好是信使, 他仍然没有真的断绝与她的来往。

他继续鼓起勇气去找她。奇怪的是, 话一说破, 他们的关系反倒比以前随和了。聊起她的相好来, 他也不再那么如临大敌。

"你担心他的安全吗?"一次, 他问她。

"他对各个星球利益对立的情况了如指掌。他知道随机应变。"

铁鸟对这一点略有所闻。其实信使很少出事。何况他们出行时还有"神武工蜂"护驾。因此他很失望。

不过, 这时她眉心掠过的一丝不安让他捕捉到了。

"我最担心的倒不是他的安全问题。"她望着天空出神地说。这时一组夜行飞船掠过反射镜下明亮的天空。四周溅出鲜花的恶臭。

"那是什么呢?"

"所有的信使都乘坐近光速飞船出差。天上三天, 人间三十年哪。"

铁鸟于是知道了, 她为什么叹气。不过, 其实是他早猜想到了这一点。但他故意要她先说出来。

"所以每次他走,你都为这个哀伤?"他不无醋意,又不无恶意地说。公园的旷野中,一群地球人正在埋葬死者。

"如果是近地空间还好一点。他转瞬可回。但是……"

"当然了,我猜他还没出过远差吧。"

"你说对了。最远的一次也就是上次。他去给'特区'空间站送信。从我的立场看,共花了十五巴纳德星日,对于他来说,不过几分钟。"

"但这可以忍受。他事先都要告诉你他的去向吧?"

"他从不告诉我去哪里。这是他们铁的纪律。"

"我教你一个办法。下次他走时,你可以从他的眼神是否忧伤中看出。如果他感到无所谓,那么表明他去得不是很远。如果他很忧伤,则他可能对这次离别后多久才能重返没有信心。这还可以看出他是否真的爱你。"说最后一句话时,铁鸟有意加重了语气。

女人哀怨地看着铁鸟。

"你为什么还不离开我?"她问。

他心里一震,说:"我不知道。"

这时,他们脑中的芯片传来探测器的轰鸣。瓦刚星人的搜索车正在远处树梢上跳跃。人群的奔跑和喘息声膨胀起来。他们也开始快跑。

从此铁鸟有了打听信使活动规律的癖好, 尤其是他们在婚姻恋爱方面的一般行为规范, 尽管信使的存在使他顾影自怜。

他的发现不多, 但也足使他兴奋而惶惑。原来, 信使很少在所谓恋爱和婚姻问题上忧伤。由于他们乘近光速飞船旅行, 因此, 爱他们的女人便存在于时间的长河中。

铁鸟的师傅曾对幼年的铁鸟说:"情感的法则已转换为物理的法则。我要教你们的, 是如何用克拉克公式作替换。"

但师傅补充说, 在冷战时期, 公式已失去意义。"你们只能谙熟于心, 等待自由到来时再去使用。"

铁鸟当时无法理解这话的含义。

现在, 他明白信使们如果在现时有失, 仍可以在未来找到新欢。近光速飞船的存在使大多数信使都很薄情。

而铁鸟所爱的女人遭遇的信使是何种类型呢?

但愿我不知道, 也许是永远不会知道。铁鸟苦恼地想。

时光如水。反射镜越建越多, 把天空整个遮蔽了。最初追求的明亮, 反而归于黯淡。

风景隐藏着平民们不知的目的性。

铁鸟和他的女友怀着不同的心情等待信使的重返。

"他"已离开一个巴纳德星月, 也没有要回来的意思。他和她都感到异样。但他们在交谈中都小心翼翼不提此事。

这种不安的氛围一直持续下去，直到两人的神经快陷于崩溃。

"你送别他的时候，他眼神中有异样吗？"最后铁鸟忍不住问。

"怎么说呢？我本来还想审视一下，可一朝他看，不知咋的就心惊肉跳，什么也顾不上了。"

"因此你这次还是不知他去哪里。但你有不祥预感，对不对？"

"我想他会很快回来。我们说好这次就结婚的。"

"如果他真去了远方，比如一去十年，你怎么办？"

"我从不想这种问题。"

可是，我应该替她设想一切后果，铁鸟想。如果那人真的一去十年，她能死等呀？那时她人老珠黄，"他"风华正茂。十年时间，对于信使来说，仅是短短一瞬。或者，空间与时间一经转换，距离之远使"他"根本就不能在她有生之年返回。没有时空做基础的爱情和婚姻还有什么意义？

她真傻。她最终会后悔，但那时就来不及了。

铁鸟想，他应该转弯抹角向她挑明。年轻女子总是爱冲动，结果耽误了一辈子。

他看到希望所在，便忘记了冷战正在威胁每个平民百姓的生存。铁鸟想他明天就要向她说清楚这个。也许凭此能感动她，也说不定呢。

次日，铁鸟来到她的隐蔽处。他没想到她竟然病了。看到她楚楚可怜的样子，他把想好的话咽了回去。

试管人都这么遇事迟疑。这是天生的。铁鸟想。

"要不，我帮你去打听他的消息？"铁鸟作自我牺牲状说。

"那多不好。"

"没什么。"

"那你就去吧。问清楚他什么时候回来。"她注视着他，"谢谢你。"

我这辈子算是栽了。铁鸟想。试管人都这样。

他大义凛然道："那好吧。我就去问一问。很快就给你回话。我想他是因为别的什么事耽误了。听说现在信使组织也在改革。他们取消了出远差的规矩。"

反射镜每隔一个巴纳德星时便变更一次景色，阻滞一次病人们的思想。

铁鸟通过心灵感应到，在反射镜的阴影深处，这一刻有两个老人死去了。他们的配偶像"相思兽"一样伫立，无济于事流着眼泪。

自从有关爱情和婚姻的密码被植入脱氧核糖核酸后，冷战便开始了。铁鸟忽然忆起了这桩事。

他还记得，那次他是通过"晶格"进入信使驻地球总部分区网的。她的那个信使便是这里的宿主。

铁鸟托了好几层关系，才获得进入中心管道的许可。

他大模大样来到管道的一个端点, 四肢战抖着发出查询出差者的指令。

但是他立刻被拒绝了。他仅被允许与正在休假的二线信使交谈。这些信使当然都是我方的。

铁鸟便向他们打听她那个信使的情况。但是甚至没有一个人知道 "他" 的名字或代号。

一个信使告诉他: "我们永远不与别的信使联系。你也许觉得这不近情理, 但实际情况就是如此。"

铁鸟始终没有查到他的情敌的信息。

这样便更增添了 "他" 的神秘。

但他打听到了更多的有关信使的一般情况。

比如, 信使们大多是时间中的浪漫主义者。不要期望一次近光速旅行便能给他们造成感情上的伤害。他们是银河智慧圈中奇特的一族。铁鸟甚至怀疑他们不是试管繁殖的。

"如果一个信使深爱上了一个普通人怎么办? 我的意思是, 他陷入情网不能自拔。" 一次, 他好奇地发出这样的询问。他有些害怕触犯禁忌。但是与他交谈的信使却并不在意。

"通常不会出现这种情况。那样信使便亏大了。而信使是不会吃亏的。如果你看见他和一个普通女孩情真意切地约会, 那肯定是信使一方在逢场作戏。"

"但是，信使也是人。万一发生了真正的爱情，他们会拒绝出远差吗？"

"真正的爱情？我还没有听说过这种事情。如果万一？万一出现这样的事，中心便会安排他立即长途旅行，再让他在他的相好将死未死前回来，让他看看原来人生如梦。"

"你们特意这样？"

铁鸟的心颤动了一下。他努力克制住自己。

"你说什么？"对方的容颜似乎在"晶格"中闪烁起来，便与一组象征夸克的慢波辐射一起消失了。

铁鸟希望在管道的漫游间遇上"他"。但他又害怕真的遇上。

另一次，他"见到"了一个刚从第七空间返回的信使。他在飞船上度过了五天，而他的宿主星已过了三十八年。他这是第七次做这种旅行了。按他的宿主星纪年算来，他已经三百二十九岁，而他"看"上去不过二十出头。

"这是我这次在'元'世纪认识的女朋友。我们认识不过刚一天。"他把一个女孩的形象以编码形式显示给铁鸟"看"。

"她真的很爱我。这你从脑波图像上可以看出。"

铁鸟沉默地"观看"了一会儿。女孩海绵一样的脑波活生生蠕动着，刺激着他的人工性腺。

"当我在你面前，与你交谈的时候，她已经死去七年。你能想象这是怎么一回事？"信使在继续炫耀那帧脑波图像。那个死去的女人的情感曲线，这时从海绵变成了一堆软体虫。

在冷战中，她这么去爱，付出了多大的勇气和代价啊。

但没有人为铁鸟付出这样的勇气和代价。

铁鸟感到自己的身躯在空间的神秘中萎缩。他想着那个可以做他多少代祖先的信使和少女们亲热的情形。他想，自己是什么玩意儿？过往的烟云，过路的飞船，走向不落痕迹的终点。

他如何能真的面对"他"呢？这并非信心问题。

但我不应怯场，他想。

"真应该废除信使制度。你们通过时间霸占了多少善良的姑娘啊！"

铁鸟猛然出现这样的念头，把自己也吓了一跳。

对方警惕地从远方"盯"着他。铁鸟听见信使说："你刚才说什么？你再说一遍。"

铁鸟感到他站起来，正"审视"着他。铁鸟的几簇神经不可逆转地缠绕起来。他头脑中的芯片发出尖厉的报警声。

"口令！"忽然传来对方的大叫。

"北戴河！"

"畅春园。"信使答了回令。

"把你的遗传密码附加传过来给我看看。"

铁鸟乖乖地照他说的做了。他"看"了后传还给他。

"杂种。"他说。气氛才缓和下来。

铁鸟心里反复念叨:让时间快些结束吧!

"几千年来都流传着信息共享的神话。但谁都知道,共享没有最终实现。到了信息共享的那一天,银河系也就该崩溃了。你的师傅没教过你?"

铁鸟缓缓摇头,几乎看不出来。

"冷战仍在继续……"信使换了一副和颜悦色的面孔对铁鸟解释。

"信使是最可爱的人!"铁鸟呐喊起来,把流行的语录背诵了一遍。

他知道自己能平安地抽身回来很不易。

沿途铁鸟看见瓦刚星人古怪的车辆悬挂在树梢上栖息,像一片片成熟的果实。

他曾为此垂涎欲滴。但一刹那,收获的喜悦会随着昼夜更替的风暴而消失。船儿像鸟群一样遁迹在地平线外。

他困顿地坐在她的身边,不著一语。她似乎猜到什么,也没有问。

这直到反射镜把又一重光斑插入他们之间,两人才吃了一惊,如同从大梦中醒来。

不知从什么时候起，反射镜又增多了。没有人关心其用途。

阴影在逃离。但心灵的阴影，像火一样燃烧了。

铁鸟告诉女人："我已经打听清楚。他是去了远方，但并不很远。关键的是，他没负心。再说，他在飞船上同样孤独。他每时每刻都在想念你。"

"他到底去了什么地方？"

"呃，这个，是'延河'空间站。四个月的往返路程。"他挑选了一个他熟悉的地名告诉她。这个地方，不近不远，她完全可以等"他"回来。

她默默看了铁鸟一阵。后者把目光移开，但躲不开她的心灵传感。

"你在骗我。"她慢慢地说，像一只"相思兽"那样哭起来。她的人造泪腺设计得很饱满。

"我没骗你。你需要等待。"

"我爱他。"

"但他这是第一次恋爱吗？"

"我没问。但我敢肯定他也爱我。"

铁鸟想到关于信使是时间中的浪漫主义者的说法。他不能坐视她傻下去。

"你能肯定他不是上一个世纪的人吗? 是他告诉你他尚没出过远差吗? "

"他不会骗我。况且, 即便他已在时空中旅行了几百年, 那又有什么不好? 我喜欢成熟的男人! 你是我什么人? 你管得着吗……"

她忽然朝他大叫大嚷。这是她受疾病驱使的缘故。他束手无策, 静静等着她平息下来, 像等待一个星系的终结。

"但是我将一天天年老色衰。"她终于黯然。

铁鸟这时最好的做法就是不说话。他看着病中的女人。他们来到这个世上已有十几年。他们还剩下十几年作为人类而活。但他们还从未离开过地球。

这都是根据冷战战时法令, 铁鸟回忆到。他的回忆与现实搅在一起, 使他不能肯定这就是回忆。

也许, 铁鸟只是在继续做着梦, 一边重新评判自己与女人结交的往事。他的病体已很虚弱。反射镜的转动放慢了, 仿佛要出什么事。他听见熟悉的脚步声正在铝制通道上作响。而他的心灵传感功能随着生命的流逝而一寸寸丧失掉。

铁鸟回忆起, 在那次谈话后, 他由于加入了"自由工蜂", 又离别了她很长时间。但他仍不断打听她的消息, 以及"他"的消息。同时, 他静静观察世界发生的巨大变故。

一年过去了。没有传来她与信使结婚的消息。

又一年过去了。太空中有七个政权没有任何先兆便瓦解了。

又过了一年。他从"自由工蜂"退出。他做的第一件事便是去找女人。他发现她仍在等待信使的归来。

两年之后,她的信使仍没有回来。也没有任何关于"他"的消息。

第六个年头,太空新体制建立。冷战宣告结束。信使制度被废除了,而银河系并没有出现预料中的崩溃。所有信使都被勒令转为平民身份。正在外星执行使命的信使逐渐被遣返地球。其中不乏几千岁的老人,长着令人不安的娃娃脸。

铁鸟一直在注意观察和打听。其中仍然没有她的信使。

"他"死了?还是在异星找到了爱的归宿?

……

铁鸟重新开始对信使着迷。信使组织的分崩离析,使他难以理喻。他常常独自通过"晶格"进入已成为废墟的中心管道,在其中长时间漫游,想象着和骄傲的信使们对话,却再也无人来盘诘他的遗传密码附加。

信使制度终于成了一种失传的文化。铁鸟在欢欣之余,也有获得自由后的怅然。

十年后,他作为人类的一员,进入黄昏之年。禁止地外旅行的禁令也早被取消。那年他乘飞船旅行, 想最后寻找有关他婚姻失败的答案。

他在"太行"转换站忽然遇上了她。

"我们结婚吧。"十来年的压抑, 使他竟然脱口而出。

"你仍然那么传统……"她几乎哽咽。

"怎么样?"

"这些年你一直在追踪我。"

"时间不负苦心人。"

"不。时间和爱情是两回事。"

她这句话使他大喜若狂。

"你到底大彻大悟了。这我就放心了。"铁鸟已泣不成声。

他们婚后感情甚好。由于信使没有下落, 铁鸟心中总有隐隐不安, 但慢慢也淡忘了。

作为人类, 他们的晚年竟然延续了比料想中更长的时间, 这使两人惊喜交加。瓦刚星的退伍军人解释说, 人文秩序的改变, 使物理现实也不同以往了。

这令铁鸟非常困惑和惊诧, 并隐约想起幼年时师傅传授的那个公式。

是叫克拉克公式吧?

他并不能确切记得。但世界似乎是依靠各种公式来建构的, 这样的感受，试图重新在他心中找到位置。

然后他们有了孩子——新体制分配给了他们一个女儿。几千年来，他们是地球上第一批有权抚养孩子的家庭。

女儿长得如花似玉，身段苗条，思想激进。

他们的社区中出现第一个"信使追想会"，是五年后的事情。参加者都是女人。他们的女儿也是成员。

民间传说有人收到了外层空间发回的信函。正是冷战时的密件。但谁也不能证实这便是早年失踪的信使们的重返。然而这毕竟可以使女人们发狂。

她们等待信使的归来。她们想，他们在远方的星球上终于耐不住寂寞了。他们尚不知信使制度的终结。他们仍在太空中递交那些没有收信人的信件。他们需要女人的安慰。

"他们好可怜啊。"女儿流着泪说。她竟然具有天然的泪腺。

"你们是因为可怜他们才这样做？"铁鸟大吃一惊，"当初，你母亲可不是这样。"

"我母亲怎么啦？提她多没意思。如果不是看在你是我父亲的面上，我真想让我们会员来……"

看着女儿英姿飒爽，身着从冷战用品商店购买的信使旧制服，铁鸟惭愧地低下头。

"也许，我们要把信使制度终结的消息带给他们。我们正在寻找赞助。政府已经批复我们建造光速飞船的计划。有一批老信使已答应帮助我们。而你, 作为父亲, 却不支持。"

女儿不满地批评铁鸟。她和她的同伴们清丽动人, 保持贞操, 一如铁鸟当年的妻子。

他不敢正视女儿成熟的身体。铁鸟忽然感到了早已淡忘的那层隐隐不安。

"你是否也要加入她们的行列呢?"一天, 他终于试探着问妻子。

"你想哪里去了。我都老了。"

"'追想会'里并不都是年轻人嘛。"

"你到底担心什么?"

"我担心,"他不好意思地说,"他们的余孽会回来强暴我们的女儿。"

"他们?"

听了铁鸟的话, 女人脸上绽出古怪的笑容。

有段时间铁鸟甚至怀疑女儿得到了她母亲的暗中支使。

妻子的旧情人会成为女儿丈夫的恐惧一直在他心里潜滋暗长。时隔三十年后他是否仍能防范呢? 而对方要么仍然青春年少, 要么历经世纪沧桑。

那种在管道中才有的自卑又冒了出来。

到了后来他愈加感到信使的归来仅是时间问题。

对此我应表现得大度吗？铁鸟想。

"对方认为我是时间上的失败者，难道他就因此是时间上的胜利者了吗？惧怕一个历史人物又有何道理呢？"一个人时，他喝问自己。然后，沉入老年人乏味的长考。头脑中空无一物。

这时，他的眼角触到了反射镜投下的光斑。他一惊，心想，这么些年来，对它们早就习以为常了。

最先离开这个世界的是铁鸟的女儿。她到太空中追寻信使去了。

然后是铁鸟。他心力交瘁，不久于世。

最后才是他的妻子。她愈到晚年，愈容光焕发。

铁鸟弥留之际，是她悉心照料他。

"女儿已到了哪个时区？她和她的伙伴们找到信使了吗？"他在昏迷中问。

"她们自己成了信使。"

"哦？"

这时铁鸟梦幻联翩。他看见星光灿烂，一如往常。反射镜美妙地转动。各种基本粒子在他眼前静静合成。姑娘们的身体在虚空中轻盈飞行。妻子当着他的面，麻利地置办有关后事的物品。铁鸟知道自己的大限迫在眉睫。

"只有一句话，这一辈子我没问过你。"

"什么话?"她哗的一声推过来一具化尸器。

"就是那个……你真的爱我吗? 真不好意思这么问。但我觉得既然我们都是试管中繁殖出来的……"

"又胡思乱想了是吧。我当然爱你呀。你是我一生中最爱的人。"

"那……信使呢?"

女人不语。

铁鸟忍不住追问:"等我去后,你还要去找他吧。"

她继续缄默。

"难道你竟要跟我们的女儿竞争?"铁鸟有点儿着急,猛地挣破梦幻的重围。

"瞧您想哪儿去了。"女人有点儿尴尬地解释,"在我们的银河系,信息百分之九十九都公开着。是信使带走了唯一的秘密。当初我就是为了得到它,才跟他好的。我是瓦刚星的间谍呀。对不起,这事一直瞒着您。您不会难过吧?"

"原来,冷战还在继续。"

"您以为呢?"女人用皮包骨头的手掌,蒙上铁鸟晦暗的双眼。

两个时辰后,有一颗流星射向地面。太空中的反射镜忽然纷纷坍塌了。

发表于《立方光年》1996年第1期

无名链接

一

这天晚上，陈丽梦见神死了。她惊醒过来，掩面放声大哭。哭过之后，她做的第一件事便是打开计算机，拨号上网。她一眼看见，神的主页还在那里。页面上有神的头像，如她熟悉的，他神采奕奕，威仪赫赫。记录显示，在过去的一天中，有十三亿人访问了神界，与陈丽一样，他们都是他的信徒。陈丽才松了一口气，然而，梦中的不祥感却挥之不去。此时是凌晨一点半。陈丽看看窗外，在一片泛着可疑绿光的夜云中，有一颗星星昏黄惨淡，要坠不坠的样子。

惊惧的女人再也睡不着觉。她打开电子信箱，看见有几封新邮件。她逐一阅读，突然，其中一封令她大吃一惊。是神的来信。神在夜深人静时给她发来的信函中说："陈丽，请到我的住处来一下吧，帮我料理一件事情！"神直接给她写信！陈丽实在不敢相信自己的眼睛。但是，是什么事情他竟要她来帮忙料理呢？她把信读了又读，感到好像还在做梦。

与神通信, 是陈丽梦寐以求的事情。要说起来, 在信徒中, 她其实是幸运者。三年前的一天, 她在网上遇到了神。神不知怎么一个人出来闲逛了。他一看见陈丽, 便两眼放光。他暗示她, 要与她发生关系。她受宠若惊。那场刻骨铭心的云雨之欢, 是通过电子交感器完成的。在那个奇妙的高潮时刻, 陈丽第一次对自己二十六年虚拟生活的可靠性产生了怀疑。做爱时, 充斥神全身的骄傲、得意和满足, 如同风暴袭来, 使她一直如树叶一样战抖不停。神没有一个地方不真实、不让人崇拜得五体投地。

但也就是那么一次。神再也没来找过她。在过去的三年中, 陈丽不再与虚拟教区中别的男人来往, 而且变得讨厌他们。她每天给神写一封情思缠绵的信。但神从来没有回信。她对此也很理解。他有那么多信徒, 他怎么可能记住每个情人呢。但现在, 他却给她来信了。这就是说, 他依然记得她, 而且, 看来印象很深。看着信, 陈丽哭了。

可是, 为什么他要她到他的住处去呢? 为什么不就在虚拟世界里相会呢? 陈丽的下丘脑中泛起一片密密麻麻的针刺感, 以及一种用鼠标反复点击一千次后的迷幻和虚脱。神在信的末尾嘱咐道: "此事不要让别人知道。"陈丽平生第一次仔仔细细化了妆, 把神的来信打印出来, 珍爱地揣在怀中, 便走出了她从未离开过的这间房屋。

二

天还很黑，废墟状的城市死亡巨兽一样蜷伏着，在熊熊燃烧的星光下蒸发着地狱般的静默。陈丽的脚步发出难以置信的空洞巨响。她猛然觉得，这时更像做梦了，这梦好真实啊。她就像一只蝴蝶，在以真为假的幻境中寻找陌生花香的源泉。由于第一次接触户外客观世界，陈丽大脑中充满了眩晕的感觉。但一想到神的召唤，她便打消了畏惧。

神就生活在同一座城市中。按照信上写的地址，她找了很久，才找到了神在客观世界中的居所。从来没有人知道神住的地方，也没有人思考过神住在什么地方。在虚拟世界，这是一个不可能被提出来的问题。但现在，她忽然间连答案都知道了。这种情形让她很不安。

神住在城乡接合部一座破旧的六层公寓的顶层，夜空中摇摇欲坠的楼房看上去像随时要从视野中蒸发掉。陈丽迟疑了一下，便爬上楼。这是一座弃宅，空荡无人。她又感到了梦幻的包围。在夜暗的庇护下，好像有大群无形无状的蝴蝶在周围翻飞。但她没有因怯惮而折返虚拟世界。她径直来到神的门前。她做了一个深呼吸，飘荡无骨的纤手按响了电铃，她一时觉得它竟是从蝶羽下伸张出的幻

肢。让她吃惊的是门自动打开了。她迈入一只脚,里面黑洞洞的像
是地牢。这时,有一个声音说:"灯的开关在右边的墙上。"

她听出这正是神的声音。在网上布道时,他便是这般庄严而沉
缓的语调。神的声音像利剑一样挑破了陈丽的梦幻。但转瞬间她
又强烈地觉得,难道此时不正是仍在网络教区吗? 这已是一重更深
幽的梦境。她试探着去开灯,灯果真哗地亮了,这出乎她的意料,吓
了她一跳。她看见了一个狭小的客厅。沙发、墙壁具有结结实实的
三维感,蒙皮脱落,灰尘厚积,绝非网虫们的故意设置。房间里没有
几件像样的家具,毫无收拾,凌乱不堪。这便是神的家? 但她没有
看见神。

声音又响了起来:"往卧室走。"她便走了进去。这下,她看见一
个男人盖着被子躺在床上。这就是她朝思暮想的神吗? 陈丽顿时
热泪盈眶。她不敢贸然走近,伫立原地,双手合十,向床上的人行了
一个礼。但他没有反应。这时,她闻到一股令人作呕的气息。

三

陈丽抬头看去,见那男人的脸部已经腐烂了,一条白白胖胖的
大蛆正从他微翕的嘴角蠕动出来。她本能地飞快捂住嘴,把一声惊
叫和一股恶心堵了回去。她想起了昨晚的梦。那会不会是神托的

梦呢？梦的电子数码信息也许在白天便经由电话线路抵达了，在她上网时，通过电子交感器感染了大脑皮质并潜伏下来，然后，在夜晚定时转换成惑人的图像。

声音又响起来："不要害怕，你过来……"

"您、您要我做什么？"

但此后便没有回应了。原来是神事先做好的录音。但是，磁带好像不够了。给人的感觉是，神在这件要紧的事情上疏忽了。这个时候，客观世界的夜晚尚未消逝，整个宇宙都一片荒凉死寂，人烟灭绝。陈丽浑身冰冷。她想，神真的死了，她是他叫来料理后事的。但神怎么会死呢？他又怎么独独叫上了她呢？

对于客观世界固有的荒谬性，她全未料到，措手不及。但既然来到了现场，这些都来不及往下细想了。她眼泪哗哗流着，心咚咚跳着，走上前去，大着胆子端详了一下神。

男人的脸部腐烂得像泥地里被马蹄反复践踏过的一朵落花，已经完全没有了值得女人去追逐的芳香，因此也看不出神活着时长得像什么样子。但约莫可以发现，神的左眼是彻底坏死的，眼窝里面没有眼珠。陈丽强忍住反胃，肃穆而虔诚地揭开被子，看见他身上还有许多蛆虫在萦萦爬动。肋部和骨盆处已隐约看得见铮然的白骨。神死去已有一段时间了。神在客观世界中的模样很让人不安：个子矮小，驼背，两腿一长一短，苍老不堪。

神要以这种形象在网上出现，连把神界维持一个小时的可能性都没有。这便是虚拟空间的虚伪。在网上，神是一个肩披黑斗篷、身着紧身衣、肌肉发达、体形高大的青年。他拥有众多狂热的信徒。从没有人想过他在神界之外是什么样子，所以呈现在陈丽眼前的，难道的确是以前无人知晓的神的真容吗？一时，她怀疑起了这个死人的身份。但她马上把这个念头打消了。神的信件在她怀中仿佛正散发着余温。神的面罩后面，其实是鬼魂的真实。陈丽日夜思慕的对象，在两重光影下走完了他的旅程。

陈丽心下明白，神的存在，实在是依附并取决于网络，换句话说，网络才是无所不能的完神。以前，她只是不敢这么去想罢了。神一定比常人更迷恋于这种变幻莫测的身份游戏，痴心于网络替身超越自然躯体的永恒魅力，才以巨大的信念，选择并创立了比人间世界更加合理的神界，把自己不可能的人生转换成了无限的可能。看着神残破委顿的身躯，陈丽猜想这个人为获得神的身份曾经历过什么样的磨难，尝试过什么样的奋争，不由得对他产生了敬重。这种敬重，与她这些年来作为信徒对神的崇拜之情，略微有些不同。

陈丽感到，神才是一只真正地迷失在花丛中的得意蝴蝶。而蝶有时是花，花也有时为蝶，如今，都舞入了鬼魂的暧昧世界。

她恸哭失声，心里盘算着，要不要违背神的旨意，把他的死讯通知给所有的信徒？桌上有一台计算机。她思忖了一下，打开它，拨号上网。她看见，世界各地的人们正蝶群般疯狂地扑向神的主页。他们眼神迷离，脸色亢奋。他们身世不同，却都如同面前这死人，拒绝了各自在客观世界里的命定，坚决选择了看来更加真实的虚拟新生。她知道他们也是花，他们也是蝶，他们的迷乱便是神与她的迷乱，而她和神的喜悦便也是他们的喜悦。她怎么对他们说神已经不在了呢？神作为一种存在已经消失了，这句话，此刻还有什么意义？

四

随后，她开始料理起后事。她首先破解了神的电子信箱密码，发现信箱里面积存了大量邮件，都是信徒们写来的。有一个自动程序，正在有选择地一封一封地回信。这使人感到神似乎仍然活着。

给她的信，是程序昨天写成的。但程序没有给第二个人发同样内容的信。她意识到这很可能是一种随机选定，而与神对情人们的记忆全无关系。这使她略有失望。但因为看到了现实中神的模样，这种失望感，又不如想象中来得猛烈了。

但紧跟着发现的一个情况使她深为不安。六个月前，神便开始悄悄而频繁地访问一些怪异的网站，而不再更新自己的主页。陈丽怔住了。

神去得最多的一个网站叫"无名"。这个网站，陈丽闻所未闻。神在登录时，用了一个普通人的名字。他选择的形象，也是极不惹人注目的。正是在这个时候，神暂时离别了他一直倾力主持的神界，从光辉灿烂的躯壳中抽身而退，远远躲开了信徒们。这实在是反常。陈丽意识到，在生命的晚期，神对"无名"的选择，是他内心的一大秘密。

她的好奇心压倒了恐惧，也登录了进去。她发现这是一个格外奇怪的网站，与神界的金碧辉煌、喧嚣热闹不同，狭小的主页上没有丝毫人气，没有任何的图像和文字，也没有一丁点儿声频。除她之外，站中没有第二人。也没有管理者或"版主"之类，更没有像神这样的偶像。网站整个是空空的，仿佛一块废弃的园地，没有了任何用处。

神为什么要频繁光顾这个了无一物的网站？这个网站与神有什么关系？陈丽正在疑虑，就感到周围起了变化。主页的界面突然消失了，她坠入了一片无依无托说不出颜色的虚空。时间和空间正向各个维度急剧膨胀，刚才还狭小的网络世界，转瞬间已是无边无界了。陈丽吓得想喊叫，却发不出声。她的身体和意识也在一瞬间挥发掉了。什么都没有了，陈丽整个身心都空掉了，但又分明被某种不明不白的东西充满。

这显然是一个全新意义上的网站。它表面的死状后面隐伏着强大的生命。它带给访问者的体验，是他们在客观世界或其他虚拟世界里都不可能有的。但网站的创办者是什么目的呢？好像并没有目的。这是一种难以言传的奇妙存在状态，不需要任何信仰和追求来支撑，任何答案都是无意义的。与神界相比，这里的自由是自足而自洽的。自与神交合后，陈丽还没有这么飘飘欲仙过。她忽然觉得，神界的危机来到了。

但这仅是一瞬。她又有了常人的知觉，并感到十分害怕，忙去按退出键。退出键却找不到了。这样的慌乱，神是否也曾感受过呢？而神是否正是为了体验此种在神界里无法制造也不可能存在的慌乱，才到这里来的呢？陈丽感到，这已不是她了解和熟悉的神了。正在紧张，突然有亮光在头顶一闪，啪的一声，陈丽不知怎么就退了出来，已是一身冷汗。她不安地转头去看床上的神。他腐烂的面部，似乎隐隐露出诡笑。

真是一个奇怪的网站！

五

根据计算机储存的记录可以知道，神在半年中，访问该网站达一百八十九次，最长的一次，在里面待了七天七夜。像陈丽和教友们毕生狂热地追逐神的灵光一样，神在生命的最后时刻，也迷恋上了他属意的身外之物。神似乎是无意间发现这个网站的，然后便不能自拔了。这正如陈丽当年在无意中发现神的主页后变得疯狂的情况一样。现在已经知道，神不过是一个普通的网虫。因此，他的自主选择，并不受他公众身份的约束。

神在离开神界而登录陌生网站的时刻，已确定自己不再需要神的身份，这使陈丽第一次感到了神的陌生和疏远。她猜想，他是否对自己在神界中的存在产生了怀疑和厌倦呢？他迷失在了身份转换的重重迷宫之中。他是在寻找一个新的数码替身吗？神界的危机，已经确信无误了。

陈丽注意到，神对"无名"的最后一次访问，是在一个半月前。此后，再没有了神活动的记录。神界完全交给了计算机自动控制。

紧接着，陈丽发现了一个惊人的秘密：计算机里面留下了神设计的病毒程序。令她难以置信的是，最近那几个差点儿把神界毁于一旦的病毒，竟然都是神自己制造出来的。信徒们还以为是对神界怀有敌意的科学教派在捣乱呢。

每次，都在毁灭即将来临前，信徒中的高手便联手把病毒给清除了。神又制造了更厉害的病毒。但是，他一个人，怎么是十三亿人的对手呢？每次，神都败下阵来。此时，神无边的魔法，已经从他的身上，无可争辩地转移到了信徒那里。蝴蝶又一次翻飞了起来，花与虫的影像又一次重叠迷乱了。陈丽想，这种失败，可能使垂暮的神重新体味到了少年时代的自卑。当年，正是这种自卑，才促使他白手起家创立了神界。但是，弥漫在神骨子深处的烦意，却并没有因为他数码修炼的成功而消除，此刻，由计算机显示得一清二楚。神躲在阴暗无人的旧宅里制造病毒，便是一个有力的证据。

晚年的神，在网络上已不能维系全知全能——他知道这一点终究也会被信徒们窥破，而客观世界中他的身体状况却也在更加急剧地恶化，这可能最终使神意识到苦心经营的教区到头来不过是一场梦境，从而下定了亲手把它毁掉的决心。但令神难过的是，信徒们却以强大的力量消解了他的每一次行动。这时，"无名"出现了。神从中看到了新的希望。既然不能毁掉神界，那么悄悄逃离总是可以的。

神在重病缠身、无人照料的时刻，在神志不清中，受到与任何一个网站相比都有着惊人不同的"无名"的诱惑，是绝对可能的。神忽然发现在那里能为生命找到永恒的寓所。这是不是生活在客观世界中的老年人所特有的幻觉呢？陈丽叹了一口气，像要拒绝什么她不该看的东西，缓缓地把计算机关掉了。

六

陈丽再次环顾神的卧室——神修炼和育化自己的洞穴。房间里充满了霉味和死人气息。因为太潮，墙壁上长满了蘑菇。地板上有几包开了封的方便面，有的已被啃掉了半拉。有几个蟑螂干瘪的尸体。卧室里除了床和计算机桌外，还有一个小书架，上面稀稀拉拉搁着几本法语书。可惜的是，作者的名字，陈丽一个都不知道。她只清楚，神竟然在非在线状态下偷偷看书，而且看一些莫名其妙的书，这要传出去，神的形象肯定会大打折扣。

陈丽跟着发现，房间的墙上和地上有一小摊一小摊黄色的结晶斑液，旁边是一团团皱巴巴的劣质手纸，仿佛是几年前的了，却没有最近的遗留物——是神已丧失了能力，还是他已然厌倦？陈丽想，三年前，神是否就是在这间狭小的卧室中与她发生关系的呢？他还与多少女信徒发生过这种虚拟得跟实境一模一样的关系呢？这斑液、手纸，与书架上的书籍，构成了一种充满冲突的和谐。陈丽脸红了，并且在极度羞惭中，燃出了一丝莫名而隐含的愤怒。

她再度转眼去看床上的神。透过他斑驳烂网一般的恶臭皮肤，以及沾满尘屑的肮脏体毛，还有老鼠一样的龌龊体形，她仿佛体味到了神死前的痛苦挣扎。一度充斥着神全身的那种风暴般的骄傲、得意和满足，其实是多么短暂呀。神其实是多么可怜和无助呀。这个时候，陈丽发自内心对神的谅解、同情和钦敬再一次压倒了其他感觉。

神就像一只完全凭借自己的力量正在艰难钻出茧壳的蛹虫一

样，已经看到了新的存在形态就在眼前。他对自己即将化蝶的命运，虽然做出了选择，却终究不能把握在手中。他的身体实在是太虚弱了。在"无名"中待上七天七夜，大概已是他体力的极限了。客观世界铁的规律在最后一瞬间重新主宰了航行方向，而虚拟存在那诱人的千万种可能性终被证明是过眼烟云。神带着满腔遗憾而去。

但这真是"最后"吗？因为出现了"无名"。

陈丽黯然离开了神的住处。自此后她便再也不能心神平定。因为，神要她办的那件事，她还没有办。她不知道是什么事。但那绝对不是单纯地处理神的尸体。

七

此后的一年中，陈丽和其他信徒一起，仍每天登录死人的网页。由于陈丽守口如瓶，信徒们无一人知晓神的亡故。信徒的数量在继续增加，不久后突破了十六亿。但此时的陈丽已与普通信徒不同。在她心中，隐隐约约浮现着神曾经登录过的那个奇怪网站。她记得在那里体验到的神秘、狂喜和慌乱。她曾试图用自己的计算机连接，计算机每次都显示说：找不到该网页。这有形的网站，却似乎是"无"！所以，"无名"到底是什么？它究竟存不存在？它是不是一出更深幽的梦境？这似乎成了一个比神的死亡还要严重的问题。

　　一年后的一个晚上,陈丽又做了一个颇富预示性的梦。醒来后,她虽然不记得梦的具体内容,却知道要直奔神的住处。她看到神已仅剩一副晶莹剔透的骨架了,十分干净和精神。讨厌的气味也已消散殆尽。她没有眷恋神的新模样,而是径直打开了他的计算机。她非常轻松地连接上了"无名"。随后,她发现,这个网站是没有注册过的,是根本不存在的,怪不得用一般的计算机上不去呢。但是为什么神的计算机却能连上呢? 神毕竟也是个普通的网虫啊,而这台计算机也没有什么特别。

　　这的确是梦境中才会出现的典型情况,却具备梦境所没有的精致和神奇,像是有神秘的人做了手脚。因此这又让人万难相信它是梦境,因为梦境总是太粗糙、太潦草了。但反过来,你一旦打定主意要拒绝认同它的虚幻,它的虚幻感也便突然地自动加强起来,使陈丽搞不清楚自己是醒着,还是在做梦;是在做梦,还是在被人梦。她无端地烦躁起来,于是为自己的人生所遭遇的不明不白,寻找出了一个聊胜于无的解释:也许,要像神那样极度衰弱、身心孤绝、对自己亲手创造的世界彻底失望的人,才能用心灵感受到那陌生网站的"妙有"吧。难道这正是神的计算机能够连接上"无名"的真实原因?计算机既然是神身体的奇妙延伸,难道不也会成为他心灵的忠实替代吗? 与"无名"的相遇仅是一次心与心超时空的邂逅,结果却是无意间使这一台机器挣破了数码与物质存在的双重锁链。计算机于是取代神成了这起事件的下半场主角,在主人死去后,自作主张给陈丽发来邮件,好把这场游戏继续下去。

陈丽在网站中走走停停,忽然产生了在一个大脑宇宙中漫游的感觉。她先是大悲大喜,继而又心如止水。这时,头顶的无源光芒突然一闪,她顿然悟到,不是先有了计算机和网络,然后才有了这个网站,而是恰恰相反。被亿万年梦幻蒙蔽的真相便是,本星球所有的计算机和网络,甚至还有别的东西,包括神本人在内,都是这个神秘网站的产物。吸引神及他的机器的,恐怕还是无名链接所暗示出的终极性吧。

神在死前六个月发现了这个秘密。他也察觉到了,把拯救自己的希望依托于看似虚无其实却很是实在的网络世界,是一种低级和无趣。

八

陈丽接下来做的事,是把这个无名网站作为友情链接,附在神的主页上,提供给其他的计算机。她认为,这大概才是神要她去料理的那件后事。

开始,大家都没有注意到这个新的链接,后来,慢慢就有好奇的人来点击了。第一个访问者是一个五岁的男孩。然后,是一位寡居的老妪。第三个人是一名吸毒者。第四个人是……

访问人数呈几何级数增长。不到一个月，神界便崩溃了，如同它多年前的建立一样突兀。这是任何一种计算机病毒都无法做到的。又过了一个月，地球上的人们，都感到大脑深处的隐秘部位一抖闪，而全世界的计算机，都感到一束神奇的光线落在了芯片上，便与一种十分遥远却又分明近在咫尺的东西建立起了联系。这种东西以前谁也没有在客观世界或虚拟世界中见到过，所以没有一个人、一台计算机能够用各自的语言去形容它到底是什么，但是大家都陶醉了。

这时，陈丽痴痴地坐在神的计算机前，通过屏幕的多重梦幻反光，看到床上尸骨的一个大脚趾动弹了一下。亿万只蝴蝶又开始翩翩起舞了。

发表于《科幻海洋：在网络中生存》（海洋出版社，2000年）

地铁惊变

一、在无尽的黑暗中飞驶

周行此时的感觉，的确可以称作微妙的狼狈。面前那个少妇模样的女子，把身子紧紧挤贴着周行，隔了衣服传递过来一股软软的弹性。然而，女人却像是毫不在意。

如若在别的地方，周行会有占到便宜的想法，但在这拥挤的地铁上，他却盼望着快些到站。何况，那女子身上还散发出浓烈的劣质化妆品气味。

这是一个普通的周一早晨，上班时间的地铁就是这种样子。周行好不容易才挤了进去，就如同割据了人生中的一种巨大成功。在车厢里，人连身子都转不过来，却都牢牢地控制着自己的领地。

周行要坐七八站才下车。好在因为有确定而可预知的目的地，所以也能忍受这暂时的拥挤。

在列车经停下一个站台时，又有更多的人拥上来，而那女子也没有下车的意思。周行想往里边挪挪, 却一步也动不了。已占领了较好位置的乘客用烦恶而敌视的眼光瞪着他。周行心想等攒够了钱一定要买辆车。

然而, 事情开始不对头了。明明该到站了, 地铁却仍疾驶不停。车厢里的拥挤, 似乎正在摆脱人为的操纵, 向控制不了的局面发展。一开始, 由于坐车的惯性, 人们并没有马上意识过来, 但很快便发现了这里面的异样。的确, 外面连一个站台也不再出现, 掠过去的, 都是无穷无尽、巨大墨团般的黑暗。

人们不再读报, 关掉了随身听, 一个个面色惊惶, 熟识的人窃窃私语。周行对此难以置信, 以为是在做梦, 甚至掐了掐自己的胳膊, 才晓得不是梦。他看见, 旁边一个男人的额头上淌出了冷汗。

在车厢尽头, 有个女人尖叫起来。

二、没有解脱的希望

不觉间, 列车已开出了二三十分钟, 也没有停下来的意思, 外面根本看不到会有站台出现的迹象。

周行面前的女人开始蛇一样扭动身子。周行不安而畏惧起来, 躲避毒虫般往后缩。原来, 她不过是要在人缝中从包中取东西。她费力掏出的是一部手机, 但她失望地发现没有信号。这时候, 周围别的人也有打手机的,却也都打不通。

"遇到鬼了!"女人低低地咆哮,那样子使周行想到了《聊斋》中的人物。他不禁在困惑中产生了一丝浅浅的幸灾乐祸,同时,也对那些有位子坐着或者有地方倚靠的乘客,感到了些许复仇的惬意。

他听见有另外的女人带着哭腔道:"怎么回事? 我们怎么办?"

"别担心,会好的。也许是出了点儿意外,是制动失灵了吧,同时外面停电了,所以我们什么也看不见。"大概是她的同伴,在这么安慰。

车厢里仍旧灯火通明,排气扇在卖劲地哗哗转动,所以,通风和供氧状况良好。只是,人们的紧张,却如同上吊一般,愈发没有了解脱的希望。

一个男人在叫:"我是警察! 大家要保持镇静,看管好自己的钱物!"

三、有吃的吗

一个半小时就这样过去了,周行觉得腿站得发软了。他还没有吃早饭,肚子咕咕叫,似乎比平时更饿。加上震惊和愤怒,他几乎是撒赖似的半倚在别人身上了。

面前的女人,脸色十分难看,咬住厚厚的大红嘴唇,几乎是向周行的怀中倾倒了过来。周行无法接受这样的现实, 他绝望地预感到今天的目的地正在远离他而去。最难受的, 还是人与人这么长时间地挤靠着, 完全没有私人空间, 给生理和心理带来巨大压迫。这一点, 却是在平时所不能察觉或已习以为常了的。

但全车人此刻的忍耐性仍使人暗暗赞叹。谁都不说话, 只有几个女的在低声抽泣。

又过了约一个小时, 才有男人歇斯底里叫起来:"我有心脏病, 我受不了啦!"

又有尖锐的声音:"有人昏过去了!"

昏过去的乘客, 不知是什么病, 嘴角直冒白沫。人太多了, 根本没有容他倒下的空隙。车厢一角出现了骚动。

"谁有急救药?"

"赶快掐人中!"

周行默默体味着这慌乱中的滑稽, 察觉到了一种徒劳的可笑, 下意识地站直身子, 把扶手拉得更紧了。面前的女人, 脸上浮出了紫绀的气色, 胸脯猛烈地起伏。周行觉得她也要出事, 而自己会成为首当其冲的被麻烦者, 便小心地问:"你没事吧?"

"不要紧的, 只是有些气紧。"

"做两下深呼吸, 便会好受一些的。"

"谢谢你!"

"你要到哪里下车？"

"博物馆。早过了。你呢？"

"游乐场。谁知道它在哪里？"

两人尴尬地笑笑，不说话了。周行想，他本对这女人充满嫌恶，但在与她交谈时，却是一片温柔关爱，这正是男人的虚伪本性吧，即便在这样的时刻，也惯性一般呈现着。

然而，他更为自己刚才脱口而出的那句话吃惊："谁知道它在哪里？"是啊，外面的世界，的确还存在吗？

此时，周行仔细打量女人，见她上穿白色圆领衫，下着蓝色牛仔裙。他心想，她在哪里上班呢？看样子不是坐写字楼的白领。无法抵达应到车站的危机，对于女人而言，又意味着什么呢？忽而又想到，如果有逃犯在这车上，那么，他一定会有一种永恒的亡命感，一举免了入狱之虞。不过，这列车牢笼的滋味，又是好受的吗？总之，对于丧失了知觉而本身仍可以在时间长河中不停奔驰的铁甲列车来说，目标是无所谓的，但是，对于寿数有限的单个乘客而言，却产生了巨大的命运落差。这或许便是那种一条道走到黑的人生的真实写照吧。

就在这时，车厢里有个地方传来了吃东西和喝水的吸溜声。这种声音，在周行听来，是如此的洪亮无比，产生了淹没其他一切声音的作用，使那令人烦苦的车轮回转，也暂时地成了一种无关紧要的背景乐声。周行忍不住又问女人:"带吃的东西了吗?"

"我包里有夹心饼干。"

"好奇怪啊,不知道为什么这么饿⋯⋯"

"我也是,那种饿的感觉,很揪心呀。只是不好意思当着人吃东西。"

"都这种时候了,有什么不好意思的!"

她这才有点儿勉强地从挎包里拿出饼干。立时,周围几个人都像要流出口水地说:"也给我两块吧。"

女人瞪了他们一眼,却大方地把饼干分给了众人。周行愉快地担当了传递的任务,他自己也拿了几块。这时候,他觉得女人的化妆品气味已是有了几分悦人的内涵。

四、到前面去看一看

四个小时过去了。周行感到饿得更厉害了,像几天没有吃过饭,刚才吃的几块饼干仿佛根本没有产生任何作用。而且,还十分干渴。

更难堪的,是早就想上厕所了。

这样下去,真不是个事儿。女人说得对:遇上鬼了。

这时,那几个心脏、血压不好的家伙,也都已经发病了。其中一个,看样子不及时救治的话,恐怕会有生命危险。对此,人们已难以顾及。难道，这不正是列车的过错吗？

"你说，地面上知道我们出事了吗？"这回，是女人主动开口了，仿佛是为了使自己镇定一些而找话说。

"应该知道吧。他们肯定正在想办法救援我们。但是，整个事情很莫名其妙。"

"到底是发生了什么事呢？真的是制动失灵吗？这车究竟要开到哪里去？外面怎么这么黑暗？"

周行想，是不是被劫持了呢？却没有说出来。忽然间，他想到了另一种可能，那就是并没有任何奇怪的事发生。也许，此刻经历的才是真实和正常的情况吧，笼罩着列车的黑暗，的的确确是恒长无边的，而这本来就是身边的现实。至于以前所乘坐的地铁，仅仅是虚假的练习吧，那些过一会儿便会出现一个的站台，不过是生命中昙花一现的诱人幻觉，如同巧妙设置的钓饵。所有的目的地，都是存在于臆想中的东西。因此，如果能以平常心对待当下，无望中的希望便也有了落脚之地。只是，不知对生活的欺骗通常有着更高追求的异性，能否接受这样的理论？

周行正在矛盾之中，这时，有个年轻男人的声音清晰有力地传了过来："我们应该派人到最前面去，去看看司机那里的情况。"

非常新奇的建议。大家都注意地倾听，却谁也不作声。

"每个车厢都是封闭着的，又不连通，前后两端连扇窗户也没有，怎么过去呢？"过了一会儿，才有人发表了怀疑的主张。

那个年轻人说："可以砸碎侧面的窗玻璃，沿着车壁攀缘过去。"

"《卡桑德拉大桥》。那是电影。"有人道。

"司机是无法被干预的。谁能代替司机？"又有人说。

大家又都不作声了。只有警察说："不行。那样做，是破坏公共秩序，是违法的。"

"你们不去，我就去了。我曾经习练过攀崖。不过，我也可能会有闪失，那么，请大家记住我的名字好了，我叫小寂。"

叫小寂的人说完，飞快地扫视了一下周围的人。周行觉得，那眼光中，投出了一种深刻的鄙视，仿佛全车的人都是怠惰者、卑怯者和背叛者。

然后，这大胆的攀崖者便左右摆动双臂，撑开两边障碍物般的丛丛躯体，游泳一样挤出密不透风的人群，来到窗户边。竟也没有一个人出面阻止。周行有一种感觉，就是这个过程，在耗费着攀崖者毕生的精力。这时，攀崖者用自己的手机真的砸了起来。

砰砰砰，那声音，使周行战栗。他在心里叫：不！

不一会儿，玻璃便被砸了一个大洞。那人真的翻出去了，身手使人联想到健康的猿猴。周行看着那岩浆一样耸动着的年轻背影，说不上是羡慕还是嫉妒，他在心里念叨：这个幸福而不得好死的逃亡者。

一股强烈的冷风扑进来。有人打起了喷嚏。大家整整衣领,心想那攀崖者怕是已经掉下铁轨,被碾成肉饼了吧。车厢里很快又恢复了平静。一些人闭上眼睛假装养起神来。这时候,周行的尿已经把裤子打湿了。

同时,他闻到了从附近传来的一股大便的气味。

五、在外面

小寂翻到车外,壁虎一般贴在车壁上,瞬间打了个寒噤,有进入阿鼻地狱的感觉。

灌满耳朵的,是车轮的巨大轰鸣声,小寂又感到仿佛置身于一个超大规模的印刷车间。外面的气温比料想中要低,似乎两侧都是冰壁。他嗅嗅周围,闻到了一股液氮的味儿。

他能感觉到列车正在越来越冷的隧道中疾进。他没有马上往前攀爬,而是等待了一会儿,却没有见到站台的灯光。不过,他对此本也没有抱太大的希望。

他想,列车很可能拐入了一个以前没听说过的备用隧道,而且,是全封闭的环线。是不是地面发生灾害或者战争了呢?

忽然,一种异常的感觉向他袭来,就是列车实际上并没有任何的前进,只是这列车所处的世界在飞速倒退吧。就连以前,这列车也没有动弹过一刻, 所有的上车下车和站台变换, 都是隧道表演出的种种障眼花招。这隧道莫不是什么巨型生物的肠子吧? 而人类不过是一些寄生虫。

小寂为这种念头而惧怕, 又告诫自己要镇定, 一定要想象这列车是在往前走, 否则, 自己便无法勇往直前, 已经回不去了。

他开始试探着往前移动。他没敢爬上车顶, 害怕隧道上端有异物会碰着头和身体。他还要防备, 这隧道已不是寻常的隧道, 它设置了什么杀人的机关, 也说不一定。

他抓住窗棂的结构, 开始小心翼翼地朝前攀越。他花了半个小时, 才在人们表情复杂的注视下, 越过了本车厢, 自己也才舒了一口气。

下面的一节车厢, 情况也差不多, 乘客情绪不宁, 有的人像是已经虚脱了。

忽然看到一个人紧贴在车厢窗户外面, 就像遭遇了此生最大的不解之谜, 里面的人都惊叫起来。小寂向乘客们大声说着什么, 但隔了玻璃, 人们都听不见。

攀崖者便掏出一支彩笔, 在玻璃上写道:"我要到车头去。这里有没有人愿意跟我一起去? "

大家都没有理他。有几个人露出不可思议的神色, 鄙夷地摇了摇头。

小寂很失望，便继续朝前面爬去。

他连续爬了两节车厢，也都没有人愿意跟他一起去。

要到车头处，应该还有八九节车厢。

六、平衡的优胜感

"喂，你还有吃的吗？"周行忍不住又问女人。这时，他感到自己对这个女人已发生了一种天然的熟识乃至亲近之心。他进而发现，面对面紧挨着自己的这个生物，其实在同类中长得还算是挺漂亮的。

"没有了。"女人摇摇头，向周行歉意地笑笑。她的身上也散发出一股尿臊味，这使周行心安理得起来，并滋生了一种平衡的优胜感。

"不知道这车里谁还有吃的。"女人又说。

"吃是一定要吃的。等找到了吃的，女士优先，一定会让你先吃。"

"谢谢！如果能够活着出去，一定要把这段经历告诉我的儿子。他才两岁呢。他吃饭老剩。"女人抽泣起来。

"别哭，别哭。都会活着出去的。"周行竟有点儿心疼了。

女人抹了抹眼泪，"那个人，会让车停下来吗？"

"谁知道。"

"好像他做的不关大家的事呀。"

"我们又不会攀崖。这事,只有会攀崖的人才能去做。"

"我好累,好想坐一会儿呀,"女人忽然直愣着目光大叫起来,"喂,警察,维持秩序的警察,这会儿你到哪里去了? 是不是招呼一下,让大家轮流坐坐位子呢? "

周行被女人的失态吓住了,又忽然觉得,自己并不想让女人走开。这个起念让他有些不好意思,又颇兴奋。

这真是一次无与伦比的地铁经历。出去后,他一定要把它原原本本告诉老婆。

七、疯　了

攀崖者又来到了一节车厢的外面。

他发现,这节车厢里的人,全都在昏睡,脑袋耷拉在别人的肩上。

他感到有些不对头:乘客们面色灰灰的,身体缩了水似的,似乎,全是老人。

而且,好像,已经有人死去了。不,又像是在冬眠。

他们好像已经完全放弃了。小寂这么想着,心中有些打鼓,便快速通过了这节车厢。

下一节车厢也十分反常，主要是这里不那么拥挤，竟然富裕出了活动的空间，每个人都像动物园笼子中的困兽一样来回走动，大声咆哮。

看到小寂剪影一样出现在车窗上，有两个中年男人猛蹬后腿，跳在半空中，做爪牙状猛扑过来，结果双双撞上玻璃，嘭的两声，昏死了过去。

疯了。小寂想。

八、难以满足的欲望

终于，车厢里有人偷吃东西，被边上的人发现了。

原来是一个农民，他的编织袋里装满了玉米棒子。

他原本是不准备暴露这个秘密的，但实在忍不住了，便假装晕车呕吐，在那么拥挤的车厢里，居然能蜷曲着身子伏在编织袋上，像个刺猬一样埋头偷偷地啜吃玉米粒。

但还是有人闻到了气味，不留情面地揭露了他的自私行径。

"让他吐出来！"车厢里唯一的警察严厉地发布指示。

五六只拳头超近距离地捺向了农民，就像打一只臭虫，他立时被打得昏死过去！编织袋被整个地打开了。层层叠叠玉米棒子的突现，使沉闷已久的车厢里燃放开了一种陌生而优雅的金色光芒，那是一种装饰性的华丽梦幻, 但在平时却常常被人忽略。从昏死的人身边, 食物迅速地传递到了每个人的手中, 显露出公平的快捷, 而女人并没有得到曾被许诺的特殊照顾。大家如若群怪一样静谧地啃噬起来。整个车厢里充满了牙釉与舌脉相互磨动的尖锐之音, 咒语般十分的整齐而响亮, 与车轮的轰鸣形成了非凡秩序的协奏。

吃了东西, 周行感觉好了些。他看看表, 发现时间已过了十小时, 到了下午五点。是下班的时候了。然而, 下班, 这时看来, 那不是天下最好笑的事情吗!

他有些局促的困乏, 像是几天几夜没有合过眼。然而, 当着女人的面酣睡, 仍然有着最后的腼腆, 但仅仅是努力撑了一撑, 还是睡着了。

在睡梦中, 他的手却不老实起来, 伸出去搂面前女人的腰肢。

女人脸红了, 却没有制止。

……

事后, 周行又感到了极度的饥饿。

九、命运的悬崖

到了第六节车厢, 攀崖者小寂觉得这里也很奇怪, 整个车厢空空的。乘客像是从里面蒸发了。

但是，也许，是从始发站起便没有允许上人吧。可是，难道不也可以理解为，是为了什么意图而预留的吗？

然而，跟着又是一节全空的车厢，这种空，是超越寻常认识意义上的真正的空。小寂的心情更紧张了。

他仿佛看见，车厢里有一股淡蓝色的烟雾在游动，这正好加剧了空的茂密，使之在局部的解脱中无限幽陷了下去。小寂听见窗玻璃在咯咯地颤响，隐约之间，透出一种像是断续呻吟的声音，像是携带着看不见的巨大能量要从铁笼中挣出。

小寂意识到，这是因为内在空的强大逼迫。然而，不巧的是，他猛然间又想到了不该去想的老套鬼故事，这使他沮丧地明白，他这样的俗人，是无资格重新进入具备了新意境的车厢了。

他心绪茫然，头皮发紧，手松了松，差点儿掉下飞驰的列车。

还好，他具有攀崖者稳定的心理素质和敏捷的身手，在坠向死亡的瞬间，迅疾地把握住了。他重新攀回了命运的悬崖，并加快了移动的速度。

这时，他有些累乏，也有些饥渴，但还能够忍受。但可怕的是不断加重的寒冷，如千万根银针一样钉满他的每一个毛孔。

在下一节车厢，他看到了满满的人。他不再去想刚才的挫折，把一切抛开了，心里也踏实下来。但仔细一看，吓得一哆嗦。原来，乘客们正在吃东西。而他们手里拿着的，似乎是人身上才有的

"部件"……

十、变老了

周行漠然地看到,警察正在拼命控制车厢里的强奸事件,却顾此失彼。

女人双手轻轻托举着周行的脸颊,懒散地憧憬着他濡湿的双瞳,好像周行是一个美丽而唯一的果冻。忽然,她像是发现了什么,脸色骤变,失声叫道:"瞧你的胡须,怎么这么难看!"

周行摸摸脸。他摸到了满脸密林般的大胡子! 而他今天早上出门前才刮过脸啊。以前,他曾经试过留髯,故意一个月不刮胡子,也没有长得这么厉害。面对女人的不解,他狼狈而惶惑了。

他定睛看看女人,发现她的头发间,竟生出了大把的银丝,眼角绽出了裂谷似的皱纹,口红和容妆正在雪崩般脱落,她的脸已然变化成一种迷彩掩映下的冰地鬼魅。

周行不怀好意地咯咯笑起来,像是赢得了毕生最满足的报复。

他看看表,发现已到了晚上八时许,十二个小时过去了。

热恋期真正如同白驹过隙呀。深怀厌恶的周行不愿再看女人一眼,把目光移开。他看到边上的人们,仿佛也都老了下去。他暗自惊诧,难道,现在的一分钟竟相当于一小时、一个月、一年? 而这全车的乘客恐怕正是威严的时间在进食后所消化出的垃圾，正被运向一个神秘的焚化场所。

"乱看什么！我又饿了。老公，你得给我找东西吃！"女人狠狠地掐周行的手臂。

真是个蠢女人！周行恐惧地想挣开她，却发现这本是不可能的。如刚刚上车时一样，他仍没有腾挪处。这原是车厢这种存在所体现出来的现实。周行停止了挣扎，努力想象自己是列车上的一颗螺丝钉。

"太可怕了。我们很快就会死去的。"一个头发掉光的老头说。他上车时还是个满头黑发的中年人。

"谁来帮帮我，"一个女人叫起来，"孩子，我的孩子就要出生了！"

顷刻间，从角落里传来了婴儿的哇哇啼哭声。周行面前的女人猛地睁大眼睛，停止了摆布周行，循声去寻找，双目中重又溢满了温情、善良与向往。周行一震，预感到了未来奇迹发生的可能性。

有人提议："赶快把这孩子宰来吃掉吧！"

又有人说："最大的问题是人太多了。杀掉一些人，大家就会过得好一些。"

警察喝道："谁在说这话？他还想活不想活了？"说罢掏出手枪来。

十一、更多的变化

小寂又来到一节车厢外面, 发现里面人已不多了。地板上有一摊摊的碎骨和污血。有几个老婆子坐在椅子上, 敞开胸怀, 乐呵呵地在给新生儿哺乳。有几个老头在死命砸车窗玻璃, 却砸不开。

"看来, 终于有人产生了联系外界的想法!"小寂感到高兴。

他停下来, 朝他们大声呼喊, 并从外面帮忙砸, 但玻璃毫不动摇, 连一丝裂纹都没有。仅仅过了几个时辰, 玻璃变得如同钢铁一般坚硬了。

企图逃脱樊笼的人露出了绝望的神情。有人用笔在玻璃上写字给小寂看。是汉字的模样, 但小寂一个也看不懂。另一个老头着急地把写字的人拨到一边, 自己来写, 写出的也是同样的奇怪文字。

那些字像是西夏文。小寂想, 很可能, 这里的人们发展出了新的文字系统。但是, 怎么这么快呢?

小寂感到了从未有过的恐惧。他想, 太迟了, 他们已经没有办法拯救自己了, 甚至, 连外界的努力也抵达不到他们这里了。

毫无疑问, 列车正在发生某种变化。或者, 不是列车的变化, 而是车厢中的人类社会在变化, 也是整个物质世界和环境在变化。

小寂无奈地离开这无助的人群, 继续前进。他看到, 列车顶部不知什么时候飘浮起了一层一尺多厚的白色雾霭，有一种幽灵般的感觉。白雾中有些小东西在动，像是蜘蛛。

借着这白雾泛射出的淡淡光晕，他第一次看清了前途：列车一眼望不到头，哪里是原来以为的长度！

十二、技术带来的希望

能吃的东西都吃光了，只是勉强忍住还没有吃人，这大概要归功于这节车厢里还有警察的存在。但警察也不能阻止人们飞快地衰老下去。时间的节拍越来越急促。更多的孩子呱呱坠地。车厢越来越拥挤了。大家焦急地议论纷纷。

"攀崖的那家伙怎么还没有让车停下来呀？"

"说不定，早掉下去了。"

"也许，让司机杀死了。"

"哪里呀，饿也饿死了。"

"别说风凉话了。即便是在车厢里面，也必须要想出办法自救。"

这最后的声音使大家感到，仿佛回到了从前的时光，那是一个极其遥远的年代。乘客们忽然安静了下来，默默地想起了心事。

一个老头自出事之后便一直躲在角落里哭泣，这时，听到这番话，眼中冒出一股毕生罕有的亮光，忽然开口道："我有一种办法，大概可以试一试。"

"什么办法，怎么不早说哩。"

那老头说："我在科学院工作，我那个研究所最近研制成功了一种微型能源转换器，能够把一种能量转化成另一种，比如说，把潮汐的能量转化为人体能够直接吸收的能量。这本来是为了解决未来吃饭问题用的。可是，研究成功后，社会上谁也不感兴趣，说是荒唐，说是没有用处。我今天恰巧带了一台，是准备拿到一个部门去争取投资的。可我竟糊涂得自己也不相信它了。现在，或许刚好能用得上吧。"

他一边说，一边拿出一台熨斗式的金属机器。立时，车厢里骚动起来，离得最近的人，都伸出脖颈来观看这高科技所带来的最后一线希望。

"可是，怎么使用呀？"

"是这样的，这列车不是停不下来吗？这就有用了。我们得想办法把车轮滚滚向前的动能，转化为人体需要的热能！"老头朗声解释，仿佛刚从一场大梦中醒来。

虽然热能还没有真正产生，但车厢里已重新洋溢出了热情。大家说："太好了，幸好是在这节车厢里，实在有福气！我们能够活下去了。我们的孩子也能够活下去了。"

"废话少说，开始干活儿吧，还需要设计一套连接装置呢。"老头道。

"要抓紧时间哪!"警察在一旁吼叫。

周行心里却想,活下去,人越来越多,却也是一个问题啊,再说,这车也不能到站啊。因此,活着是为了什么呢?出生在这节车厢里的婴儿们,他们怎么看待这个世界呢?

他看到,面前的女人,已经苍老得像一团皱纸。她似乎等不及了。她整个的人形干枯得连眼泪也流不出来了。老婆子死死地抓住周行的双手,把散发着酸臭腐气的头颅贴靠在周行的胸脯上,无牙的嘴里嘟囔着什么,周行却一句也听不清。

但是,忽然间,他却明白了她的心思,那是一个垂死女人所应有的念头,气泡一样挣扎着从枯死的泉眼中冒出来,最后一次燃放了对逝去青春的绝望追念。

周行立刻想到了自己的末日,那分明已不再等同于见不到老婆和孩子的切肤悲伤,而是一种真正意义上的万念俱空。他嗓子一腥,哇地哭出声来。

这时,有人在叫:"成功了!连接上了!"周行的脑子里哗啦一声涌进了一片片纷乱繁杂的信号,大脑皮质化作了一大堆滴滴答答解冻中的冰雪。他顿然明白,自己也能够与周围的所有人进行思想交流了。说话太耗费能量,而读心术,却要简便和省力得多。不知道为什么,人类退化的本能自行恢复了。

十三、新生态

小寂继续前进，他庆幸自己没有上车顶，因为，上面的确爬满了不知从何而来的大群蜘蛛。

这是一种很奇怪的蜘蛛，个头有汽车轮胎那么大，长长的脚常常沿着车壁垂落下来，有的差点儿碰到小寂移动的双手，迫使他飞快地闪腾躲让。

蜘蛛是不同于人类的生物，它们排列着整齐的队伍，正逆着小寂前行的方向朝车尾移动而去，发出咯吱咯吱的机械声音。小寂觉得它们是从某个车厢里爬出来的。它们一定合力咬破了车顶。但它们为什么要选择一条与人相反的路线呢？

既已到了此时此地，其中的奥秘，是无法去探究了。剩下的唯有赌博般的行动。

蜘蛛过去后，隧道里仿佛变暖和了一些。小寂精神一振，又攀到一节车厢外面，吓了一跳。

原来，里面的几百名乘客排成了好几层同心圆，人挨人面朝同一个方向站着，每个人都由后向前伸出双手，紧紧捂住前面那个人的两侧太阳穴，姿势都一模一样，抱成了一个团，牢不可分，那群体的形象就像一棵千年大树的根系。

这是小寂历经长途旅行，见所未见的奇景。他看了半天，才想起来朝他们招招手，他们却一动不动，就跟植物人似的，除了个别人的眼珠转上一转，也看不出任何表情。

小寂看到，车厢中安放车灯的位置被撬开了洞，里面的电线被牵引了出来。靠近此处的一位男乘客，把一只手高举着伸向那里，五指与电线连接在一起，甚至可以说，电线便是五指的延伸，要不，就是五指是电线的继续，从外观上，看不出分别了。这个人已然是死了。但是，电流却从他这里传遍了全体人群。

整个车厢里的人，可以说，已经与列车牢牢地联结为一体了，从车体这浩然的块垒中，吸收着物质世界的微薄养分。

小寂想，这里的人，依靠电，形成了一种新的生态系统。而这本不是这列车的规则。退一万步说，就算是规则，也是规则中的漏洞啊。

他不知道他们是怎么做成这件事的，小寂感到，在危急的关头，人的潜能的确很可观并且也很可怕。

但是，如果这电忽然断掉了呢？

十四、各个世界的境况

气温在继续回升。小寂又经过了几节车厢，他看到：有的车厢，乘客死绝了; 有的车厢, 却有人在活动, 他们生机勃勃, 秩序井然, 他们把车厢里能吃的东西, 包括椅子、纸张和广告颜料, 都吃掉了; 有的人在车厢里用死人骨头构筑了奇形怪状的小屋子, 栖身在那里。他们的身体结构也变化了, 总的来说向小型化发展, 有的感觉像是两栖类, 有的感觉像是鱼类; 还有的车厢中, 出现了新的社会组织结构, 选出了首领, 建立了类似朝廷一样的东西; 有的则以车厢中线为分界, 拉开了打仗的架势。

小寂根据情况, 朝车厢里面的人打招呼, 做手势, 却再也无人回应。

他明显觉得, 情势又发生了新的变化。此时, 他能看见车厢里的人, 但车厢里的人却看不见他了。

小寂作为唯一能看清乘客境况的人, 感到了孤独。这是深刻而巨大的孤独。以前经历过的, 比如单独待在房间里呀, 受到同事冷遇呀, 失恋呀, 与现在这一刻相比, 再也不算什么了。

小寂对所依附的坚硬车身产生了极度的憎恶, 几乎失去了前进的勇气, 宁愿一松手坠下去, 与这世界彻底划清界限, 一了百了。

但在关键时刻, 他咬紧了牙关。

因为, 经过一天一夜的攀缘, 他终于来到了车头处。小寂为眼前的情形而大吃一惊。

十五、回到出发原点

不知过了多久，疲惫不堪的小寂又爬回了他的出发原点。他此时已清楚地知道，无论走了多远，他总是要回来的。

他看到，车厢里面的人全都赤身裸体，失去了人样，成了一种奇怪的生物，类似裸猿，有着樱桃色的皮肤，瘦骨嶙峋而纤弱无力，皆四肢着地爬行。

初见之下，小寂心中一凛，以为是外星生物入侵了——他曾料想这是解救的唯一可能，但很快，他辨认出了为数不多的几个熟面孔，包括警察，才知道就是原来的那帮乘客。他们竟然活下来了，只有小寂这样有着去到车厢外面经历的人，才知道其中的不容易。

警察也只是依稀被辨认出来，因为他头上还戴着一顶破烂污浊的警帽。他须发斑白，老态龙钟。他盘腿坐在椅子上，有一群"裸猿"在恭敬地侍候着他。

小寂目睹这奇妙之景，不禁对自己的存在产生了怀疑，低头看看躯体，发现还保持着人类正常的形态，才稍微放心了。但是，相形之下，他却成了少数的异类，这未免让他有些担心。如果要发生争夺遗产之类的事来，他的道统是否足够胜任？

小寂大着胆子从窗户上的破洞滑入车厢，听见脚下有惨叫，低头一看，才发现还有比"裸猿"更小的生物在爬动，也是人类的模样，但是，个头只有昆虫般大小。另外，还有比"裸猿"小却又比"昆虫"大的家伙。他直觉到这些也都是人类的后代。

他的感觉是，由于体型较小的人类的出现，车厢的空间因此相对地增大了，能源的消耗也相应地减少了。乘客们以一种小寂无法理喻的方式，解决了自己的问题。人类的后代看见小寂进来，吃惊地交头接耳，但小寂根本听不懂他们说的话。

他震惊而困惑地向警察走去。警察是这里的庞然大物。

小寂又比又画，激动地对警察说："我来到了车头处，才发现列车原来正在一个充满星星的弯曲隧道中前进。就在我们的正前方，展开了由无数新星系诞生而吐蕊的万丈霞光。我们是在往那里着急地赶路啊！"

警察用被眼屎糊住的双目茫然地看着小寂，不耐烦地吐出一长串句子，小寂一个词也不懂得。这时，小寂看到，一些长着人头的蚂蚁般的小家伙正从警察的耳朵、鼻孔和眼眶中爬出来，它们正把细小的肉粒从里往外搬运。血丝从警察的窍穴中一缕缕渗涌而出，老人却似乎毫无知觉。

忽然，小寂感到自己的肝脏和肺叶一阵剧痛，皮下和血管中仿佛有什么东西在游走。

他恐惧地转过身，艰难地朝车窗走去，还没有到达那里，便一头栽倒在地。四周爬动着的生物飞快地扑上来，顷刻之间便在攀崖者的头颅和躯干上覆盖了密密麻麻蠕动着的一层。

十六、新的起点

站台终于出现了。奔驰了许多光年的列车戛然停住。

这是一个灯火通明而喧嚣的站台。候车的亿万生物形态各异，看见车门打开了，便争先恐后地挤进列车，而车上残存的人类后代也纷纷下得车来。

他们以蚁的形态，以虫的形态，以鱼的形态，以树的形态，成群结队、熙熙攘攘向不同的中转口蜂拥而去。在无数的站台上，一组组的列车，正整装待命，预备向不同的世界进发。

发表于《科幻世界》2003年第9期

青春的跌宕

一

在过道上,我看见明正走过来。我们对视了一眼,又把目光移开。头顶的闭路电视,正监视着我们的一举一动。就在我与明擦肩而过时,他的手不经意地在我的衣服口袋上碰了一下。我的心猛然狂跳起来。

我回到办公室,心不在焉地写着那一大堆一大堆的材料,反复想着明和我对视的那一眼。挨了一个小时,我磨磨蹭蹭出去上厕所。

很好,厕所里一个人都没有,而且这里面是不安闭路电视的。我侧身在旮旯里,把手探进明刚才碰过的那个口袋,触到一个纸团。我取出一看,上面写着:

晚十时举行全体会议,在老地方。

我的心又狂跳起来, 但脸色却异常平静。我把纸条撕成碎片, 投进抽水马桶, 放水冲掉。

哗啦哗啦的水声盖过了一切。

二

九点四十分, 我离开了家。一路上, 我注意到没人跟踪。一会儿便到了老地方。这是一家破旧的游艺场, 白天搞些很不吸引人的娱乐。晚上, 则成了我们反青春同盟的联络地点。

我看见许多同志已经先到了。明也在其中。还有个大胡子, 是同盟主席。大家在窃窃私语。我觉得好像出了什么事。

果真, 大胡子告诉我们一个不幸的消息: 反青春同盟在大区的十六个分会被发现了, 领导人均已被捕。后果是, 不但下周的联合行动不能实施, 连总部成员的安全都受到了极大威胁。会议做出决定: 同盟暂时解散, 成员转入分散活动。

这无异于给我以当头一棒。我昏沉沉的, 不知怎么回的家。我伏在床上哭了。我不怕被捕, 但联合行动被取消了, 这意味着五年来的艰苦操劳付诸东流。

三

我加入反青春同盟正是在五年前。在此之前，我的生活是充满阳光的。我有女朋友，也有令人羡慕的职业——在大区政府部门从事资料统计工作。

然而，就在这个时候，我认识了明。他当时只是大区政府部门的一个小职员。我们开始纯属工作关系，后来发展为非常密切的私交。

一天，在明家里，他和我谈了下面这些话。

"你生活得很好。"他说。

"是的。"我颇自得。

"可就总这么下去吗？"

"你指什么？"

"我的意思是，我们再也长不大了。"

"你真会开玩笑。人一出生就是小孩，然后青春时代接踵而来，一直到死。这是自然规律，还能怎么长大呢？"

"你真不知道吗？"

明用一双奇怪的、闪闪发亮的眼睛看着我。我第一次感到明不是一个寻常的人。

"那么，让我告诉你吧。"

明说这话时，把窗帘拉上。他小心翼翼地从床下扒出一个帆布包，一层层打开。最后，里面露出一本发黄的旧书。显然，是那种古代流行过的翻页书，我只是风闻却未曾目睹。想不到明竟然有。

"你自己看一看吧。"

我便颤抖着双手，一页页翻开。里面的文字我看不懂，但却有很多图片。一张图片把我吓了一跳。

那是一张脸的特写，不是我们天天看惯的年轻光润的面孔，而是一张布满皱纹、皮肤松弛、两眼无神的脸。头发也不是黑的，而是一片雪白。

"这是什么？ 是外星人吗？"

"不。他是你我的祖先。确切地说，是一位老人。在古代，人的青春时代度过后，跟着来到的是中年和老年。人生还有这么两个阶段。可今天，这两个阶段却奇怪地消失了。你不觉得大有原因吗？"

我第一次听到这种议论，不由得把眼睛睁得老大。

"你加入反青春同盟吧。这样，你就会知道关于这方面的一切。"

明的这句话决定了我以后的人生道路。

四

没有人知道反青春同盟缘起于何时，它只是那么一个秘密组织。加入后，我才知道它的危险性：它的言行，是跟当今社会对着来的。我有些后悔。

反青春同盟探讨的基本问题就是明提到的那个问题：我们的中年、老年到哪里去了？

确实有过中年和老年存在，这已不是疑问。反青春同盟搜集了大量的资料来证明这一点：包括古籍、古代电影胶片、民间传说和一些只有专业人士才能鉴别的物证。

通过研究这些资料，同盟得出了一些基本结论：人类的中年和老年期是与青年期相对而言的时期，是一脉相承而又性质不同的阶段。在那时，人的智力、学识和人品都达到了青春期不曾有过的完备和成熟。向死亡的过渡，是一步步走到的，而不是像今天这样，由青春一跃而至，毫无预兆。而今，这两个阶段都神秘地失踪了，恰像被谁阉割了一般。

是谁呢？

这便是反青春同盟要回答的第二个问题。我们仍从资料入手，经过艰辛的探索，终于发现了答案的线索。那便是青春防疫针！

在现代社会里，小孩一满十二岁，便要由大人带着去打这么一针。注射后，小孩的生长并不马上停下来，而是一直要到十年后，才不再发育了。青春的一切体态和心态特征，便长期保留着，直到大限来临。

青春防疫针使得整个社会清一色由青年构成。长期以来，没有人怀疑过这种构成的不合理性, 因为对于远古的回忆, 早被时间的流水冲磨殆尽。

青春防疫针人人都必须注射, 也不管小孩是什么样的体质。有的小孩因为过敏, 注射后死去的事也发生过。然而政府却不准谈论这个问题。大街上和公共设施中都安装了闭路电视和监听器, 一旦发现有拒绝注射或诋毁青春防疫针的言行, 便立即将人逮捕, 不经审判便投入监狱。

反青春同盟的使命便是揭穿这一骗局, "回归自然人" 成了我们战斗的口号。渐渐地, 有一大批人聚集到我们周围来了, 包括政府官员、科学家和一般市民。诚然, 我们这批人已受过注射, 谁也不能进入中年和老年期了, 但是, 大家却有这么一个信念: 让我们的社会中产生一个中年人、一个老年人吧, 让我们真切地看一看人的本来面目吧!

这, 或许根本就是一种青春的逆反心理和好奇本能在作祟。但我们却一直认为, 这里面一定有着更深刻的意义。

我越来越为加入同盟而自豪。

因为我从事资料统计工作, 便被同盟分派去搜集更多的有关中老年人的资料, 以便有朝一日, 能将它们作为审判独裁者的证据。五年来, 我的工作被注入了新的含义和动力, 我的努力和其他同志的努力汇合在一起, 终于迎来了举行联合行动的时刻。

然而, 这一切都因为分会被发现而告终, 怎不令人痛哭呢! 痛定思痛,我又感到其中必有蹊跷。

<h1 style="text-align:center">五</h1>

我们转入分散活动了,但我与明仍常来往。每当我们相聚时,便不免嗟叹万千。

我们都深深感到:一定要继续未竟的事业。

但怎么干却是个头痛的问题。两个人的力量是无法推翻独裁统治的。只有一条路。我和明不约而同想到了一起:去炸毁大区的青春防疫中心站!

这个防疫站贮存了四百万支针药,还有各种配套设施。如果炸毁它,就有四百万个孩子的生命历程能暂时摆脱人为的支配。更重要的是,它会转移世人的注意力,唤醒大家去沉思这一事件的意义。

我和明已对中年和老年时代无所企望了。那么,就让我们的青春焕发出不寻常的光彩吧!

<h1 style="text-align:center">六</h1>

这个夜晚漆黑。我和明身披黑色伪装网,悲壮地出发了。

在我们腰上,各系着一个"罐头"。这两个"罐头"叠加在一起,便能产生撕毁一幢大楼的力量。反青春同盟在武器禁令法下，秘密制造了许多这种武器，以备不虞。

像这个大区的所有建筑一样，中心防疫站向我们显现出它那巨大无比的穹顶。这里的房屋都修成这么个威慑人的样子。

我们匍匐在离它一百米开外，小心地观察着。

中心站的卫兵和狼狗在巡逻。这不是军事设施，但也戒备森严。明掏出一个玩意儿，揿了一下。这是一台次声波振荡器。它的方向正对着巡逻者。

人和狗都痛苦地倒下了。

我飞快地跑过去，将两个黏性"罐头"贴在大楼墙基上。这时我心跳得紧。我知道刚才次声波的发射一定被附近某个监测器测知了。只要一会儿，就会有一大批人拥来——同我们一样的青年。

我飞快地回到明身边。快跑！在三百米外，我们听见了警笛声。明按下了遥控器的按钮。

……

第二天凌晨，我在家里被捕了。

七

在传讯室里，在转送监狱和大区监狱里，我反复提出我唯一的请求。

我要见一见那位决定我们命运的当权者。不，他不是法官，不是大区政府的一般行政官员。他的职位还要高一些。但他躲在幕后，从不现身。

我这五年来，便是在跟他战斗着。我现在输得一干二净，但却要以胜利者的姿态去见他。因为，真理在我这边，他不过是一个大骗子。

我要当面揭穿这个骗局。我知道，我可能活不长了。这将是我最后的战斗。

我的请求反复提交上去，又反复被退了回来。

"不见。"

于是，我在牢房里大声笑，大声叫："他不敢见我！他不敢见我！"

一周后，我被卫兵带了出去，蒙住眼，上了车。我知道，我要死了。我挺起胸膛。

等摘去眼罩，我才发现我来到了一座半地下室的宫殿前，它比起清一色的穹顶式建筑又是另一种风格：雅致，华丽，好像照片上的古代建筑。

"进去吧。"卫兵说。

我犹豫着。

"进去吧！"卫兵给了我一掌。

我便走了进去。过道黑得伸手不见五指，仿佛永远走不到尽头。我一个人走了半天，终于看见前面出现一柱灯光，投出一个坐在藤圈椅上的人影。他背对着我。

我站在他的背后，猜度是怎么一回事，但却心乱如麻，汗直往下淌。

那人像睡着了，蜷曲在黑色的大氅里，身影庞大。就这样，在静谧中等着。他终于动了一下，缓缓转过身来。我大吃一惊。

在我眼前的，是一张干枯起皱的面孔。我有生以来第一次面对一个活生生的老人。

他头顶稀疏的黑发中，生长着一片片枯草般的白发。还有那双眼睛，如两个掏空的洞穴。脑袋下是一具干瘦如臭虫的身躯。

啊，我终于从现实世界中找到了能够证明同盟观点的活证据。

"就是你，要见我吗？"他吃力地说。我看见那嘴里牙齿全无，一挂口水正顺着嘴角往下流。

那话音仿佛来自另一个世界，凛冽地渗入我的骨髓，使我呆立着，一句话也不能说。

"年轻人，现在明白了吧，你们为什么会失败？"

我摇了摇头，否认失败。但他误会了。

"不明白？那让我告诉你吧。你们不过是一帮愣头小子，而你们的对手，是我，一个饱经风霜的老人。我走过的桥，比你们走过的路还多呢。你说说，能不失败吗？"他丝丝地笑起来，面带慈祥。

"我们没败。我们炸了青春防疫中心。"我咬牙切齿地说。

"还说没败？"他笑容顿失，一脸铁青，"实话告诉你，炸掉一个青春防疫中心算什么。对了，他们在监狱里不给你报纸看。可你要是看了，就会知道，就在你们炸毁中心的第二天早上，所有适龄儿童都由他们的父母带领，主动到别的城区注射去了。"

"不，一定是你们强迫的。"

"这话不对。我们从来不强迫。追求青春长驻，是公民们自己的意愿。"

"可是，并不是所有公民都向往青春。像我，还有我们同盟的同志，都盼望中年和老年早一天到来。而你这暴君却把我们抓起来，剥夺我们的自由！"

"是吗？"他又笑起来，"年轻人，我很佩服你的勇气，看来跟你见面并没有错。可是，你们仅仅是冲动而已。请问，如果全社会都被你们煽动，一下子出现那么多没有生产能力的老人，由谁供养？你们不是经常研究资料吗？这个问题应该想过吧？"

我语塞。我们没有考虑过这个问题。

他接着说："所谓'回归自然人'，根本就是自欺欺人。纯粹的自然人，生活得艰辛凄惨，这你永远不会知道。中年人和老年人比起你们来，人体机能差远了。你是身在福中不知福，总是要设法改变良好的现状。"

"可是，你就是老人。"

"哈哈，你真聪明。可你看见我的形象了吧？我丑陋，行动不便，既无法打网球，又无法追女人。有什么意思呢？我是老人，只是因为这个社会需要老人来指导。"

"可是，为什么会是你？"

"这，你就不用多问了，这是命运的选择。"

"不，我要知道。"

"你真想知道，我可以告诉你。这是以青春为代价的。你们能永葆青春，是因为有青春防疫针——你不要叫，不要指责我强迫你们注射。青春防疫针，这真是科学上的奇迹啊！人的总寿命不能改变，但其中一个阶段却能相对地延长或缩短。"

"你，缩短了你的青春部分？"

"我从二十二岁起就在度我的老年了。"

"……"

"这里都有教训啊。古代社会因为中年人和老年人太多，所以阻碍了发展。于是那时的人才拼命追求青春长驻。青春给人以活力，给人以创造，给人以享乐，社会才繁荣进步起来。可是，慢慢发现，这样的社会却缺乏经验和自制。我于是被选中了。"

"青春防疫针并不是唯一的？"

"是的。只是我们不会让一般人知道衰老剂的存在。"

我沉默了。老人打量着我，深深的眼凹中投射出不可测的幽光。

"你可以走了。"半晌，他开口说。

"不，我也要减缩我的青春！"

"我预料到你要说这句话。"他哈哈大笑起来，"还不放弃你的事业和想法吗？"

"不！"

八

我终于变成了一个老人！但却是被判了刑的。

在监狱里，我遇见了明、大胡子，还有其他反青春同盟的同志。他们也都跟我一样，银须白发，老态龙钟。这样一来，反倒无事可做了。我们便在监狱里设棋摆牌，饮茶谈天。峥嵘岁月已是往事。我们每个人身上都染上了多种疾病：哮喘、肺气肿、肺心病、高血压、糖尿病……每走一步都要依赖拐杖或轮椅。

我们开始为小事而计较：谁用了谁的筷子，谁借了谁的盐不还。

唯一尚存的对我们共同事业的记忆，体现在念叨监外的同志：你们是否安全？可不要被抓进来。但有人反驳说，抓进来倒好些，就可以成为老人了。这不正是我们的目标吗?

其他人不置可否。

终于有人说: 太无聊了, 应该找点事来做。

于是上书给那位当权的老人。不久, 回复来了:

诸君想法很好, 我也有此打算。老朽已年高, 疾病缠身, 任期届满, 欲从诸君中挑选一人, 接替我的职务。

看着这个条子, 大家默不作声, 眼睛却打量周围的人。我看见明和大胡子眼中都潜伏着一股杀气。那是一种和老年人迟钝眼光不相称的东西。我忙把眼光跳开。而他们的目光一和我接触, 也触电般闪到了一旁。

我握紧了拳头, 捏紧了拐棍, 可仍觉得两手那么无力。

我忽然悲哀地想到, 我要是还青年该多好!

发表于《科学文艺》1987年第6期

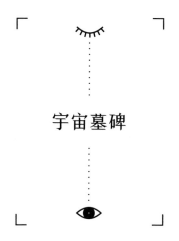

宇宙墓碑

上　篇

　　我十岁那年，父亲认为我可以适应宇宙航行了。那次我们一家去了猎户座，乘的当然是星际旅游公司的班船。不料在返航途中，飞船出了故障，我们只得勉强飞到火星着陆，等待另一艘飞船来接大家回地球。

　　我们着陆的地点，靠近火星北极冠。记得当时大家都心情焦躁，船员便让乘客换上宇航服外出散步。降落点四周散布着许多旧时代人类遗址，船长说，那是宇宙大开发时代留下的。我清楚地记得，我们在一段几公里长的金属墙前停留了很久，接着墙后面出现了意想不到的场面。

　　现在我们知道那些东西就叫墓碑了。但当时我仅仅被它们森然的气势镇住，一时裹足不前。那是一片辽阔的平原，地面显然经过人工平整。大大小小的方碑犹如雨后春笋一般钻出地面，有着统一的黑色调子,焕发出寒意,与火红色的大地映衬,着实奇异非常。火星的天空掷出无数雨点般的星星,神秘得很。我的少年之心忽然悠动起来。

大人们却都变了脸色,不住地面面相觑。

我们在这个太阳系中数一数二的大坟场边缘只停留了片刻,便匆匆回到船舱。大家表情严肃而不祥,并且有一种后悔的神态,仿佛是看到了什么不该看的东西。我便不敢说话,却无缘无故有些兴奋。

终于有一艘新的飞船来接我们。它从火星上启动时,我悄声问父亲:"那是什么?"

"哪是什么?"他仍愣着。

"那墙后面的呀!"

"他们……是死去的太空人。他们那个时代,宇宙航行比我们困难一些。"

我对死亡的概念,很早就有的感性认识,大约就始于此时。我无法理解大人们刹那间神态为什么会改变,为什么他们在火星坟场边一下感情复杂起来。死亡给我的印象,是跟灿烂的旧时代遗址紧密相连的,它是火星瑰丽景色的一部分,对少年的我拥有绝对的魅力。

十五年后,我带着女朋友去月球旅游。"那里有一个未开发的旅游区,你将会看到宇宙中最不可思议的事物!"我又比又画,心中却另有打算。事实上,背着阿羽,我早跑遍了太阳系中的大小坟场。

我伫立着看那些墓碑，达到入痴入迷的地步。它们静谧而荒凉的美跟寂寞的星球世界吻合得那么融洽，而墓碑本身也确是那个时代的杰作。我得承认，儿时的那次经历对我心理的影响是微妙而深远的。

我和阿羽在月球一个僻静的降落场离船，然后悄悄向这个星球的腹地走去。没有交通工具，没有人烟。阿羽越来越紧地攥住我的手，而我则一遍遍翻看那些自绘的月面图。

"到了，就是这儿。"

我们来得正是时候，地球正从月平线上冉冉升起，墓群沐在幻觉般的辉光中，仿佛在微微颤动，正纷纷醒来。这里距最近的降落场有一百五十公里。我感到阿羽贴着我的身体在剧烈战栗。她目瞪口呆地望着那幽灵般的地球和其下生机勃勃的坟场。

"我们还是走吧。"她轻声说。

"好不容易来，干吗想走呢？你别看现在这儿死寂一片，当年可是最热闹的地方呢！"

"我害怕。"

"别害怕。人类开发宇宙，便是从月球开始的。宇宙中最大的坟场都在太阳系，我们应该骄傲才是。"

"现在只有我们两人光顾这儿，那些死人知道吗？"

"月球，还有火星、水星……都被废弃了。不过，你听，宇宙飞船的隆隆声正震撼着几千光年外的某个无名星球呢！死去的太空人地下有灵，定会欣慰的。"

"你干吗要带我来这儿呢？"

这个问题使我不知怎么回答才好。为什么一定要带上女朋友万里迢迢来欣赏异星坟茔？出了事该怎么交代？这确是我没有认真思考过的问题。如果我要告诉阿羽，此行原是为了寻找宇宙中爱和死永恒交织与对立的主题和情调，那么她必定会以为我疯了。也许我可以写论文来解释，而且我的确在搜集有关宇宙墓碑的材料。我可以告诉阿羽，旧时代航天员都遵守一条不成文的习俗，即绝不与同行结婚。在这儿的坟茔中你绝对找不到一座夫妻合葬墓。我要求助于女人的现场灵感来帮助我解答此谜吗？但我却沉默起来。我只觉得我和阿羽的身影成了无数墓碑中默默无言的两尊。这样下去很醉人。我希望阿羽能悟道，但她却只是紧张而痴傻地望着我。

"你看我很奇怪吧？"半晌，我问道。

"你不是一个平常的人。"

回地球后阿羽大病一场，我以为这跟月球之旅有些关系，很是内疚。在照料她的当儿，我只得中断对宇宙墓碑的研究。这样，一直到她稍微好转。

我对旧时代植墓于群星的风俗抱有极大兴趣，曾使父亲深感不安。墓碑吗？那是很久以前的事了，现代人几乎已把它淡忘，就像人们一股脑把太阳系的姊妹行星扔在一旁，而去憧憬宇宙深处的奇景一样。然而我却下意识体会到，这里有一层表象。我无法回避在我查阅资料时，父亲阴郁地注视我的眼光。每到这时我就想起儿时那一幕，大人们在坟场旁神情怪异起来，仿佛心灵中某种深沉的东西被触动了。现代人绝对不旧事重提，尤其是有关古代的死去的太空人。但他们并没从心底忘掉他们，这我知道，因为他们每碰上这个问题时，总是小心翼翼绕着圈子，敏感得有些过分。这种态度渗透到整个文化体系中，便是历史的虚无主义。忙碌于现时的瞬间，是现代人的特点。或许大家认为昔日并不重要？或仅是无暇回顾？我没有能力去探讨其后可能暗含的文化背景。我自己也并不是个历史主义者。墓碑使我执迷，在于它给我的一种感觉，类似于诗意。它们既存在于我们这个活生生的世界之中，又置身在它之外，偶尔才会有人光临其境，更多的时间里它们保持缄默，旁若无人沉湎于它们所属的时代。这就是宇宙墓碑的醉人之处。每当我以这种心境琢磨它们时，蓟教授便警告我说，这必将跨越边界，我们的责任在于复原历史，而不是为个人兴趣所驱，我们要使现时庸俗的人们重新认识到其祖先开发宇宙的伟大与艰辛。

蓟教授的苍苍白发常使我无言以对，但在有关墓碑风俗的学术问题上，我们却可以争个不休。在阿羽病情好转后，我与教授会面时又谈到了墓碑研究中的一个基本问题，即该风俗忽然消失在宇宙中的现象之谜。

"我还是不同意您的观点。在这个问题上，我一直是反对您的。"

"年轻人，你找到什么新证据了吗？"

"目前还没有，不过……"

"不用说了。我早就告诫过你，你的研究方法不大对头。"

"我相信现场直觉。故纸堆已不能告诉我们更多的信息，资料太少。您应该离开地球到各处走一走。"

"老头子可不能跟年轻人比啊，他们太固执己见了。"

"也许您是对的，但是……"

"知道新发现的天鹅座 α 星墓葬吗？"

"无名之坟，仅镌有年代。它的发现将墓碑风俗史的下限推后了五十年。"

"如果我没记错的话，技术决定论者的《行星宣言》就是在那前后不久发表的。墓碑风俗的消失跟这没有关系吗？"

"您认为是一种文化规范的兴起替代了旧的文化规范？"

"我推测我们不能找到年代更晚的墓葬了。技术决定论者一登台，墓碑风俗便神秘地隐遁在了宇宙中。"

"您不觉得太突然了吗？"

"恰恰如此，才能解释时间上的巧合。"

"……也许有别的原因。那时技术决定论者还太弱，而墓葬制度的存在已有数万年历史，宇宙墓碑也矗立上千年了。没有东西能够一下子摧毁这么强大的风俗。很简单，它沉淀在古人心灵中，叫它'集体潜意识'可以吧？"

蓟教授摊了摊手。合成器这时将晚餐准备好了。吃饭时我才注意到教授的手在微微颤抖。毕竟是二百多岁的人了。有一种复杂的情绪在我心头翻腾。死亡将夺去每一个人的生命，这可能是连技术决定论者也永远无法回避的一个问题。死后我们将以何种方式存在，仍然是心灵深处悄悄猜度着的。宇宙中林立的墓碑展示出旧时代的人类早就在探寻这个答案，或许他们已经将心得和结论喻入墓茔？现代人不再需要埋葬，他们读不懂古墓碑文，也不屑一读。人们跟其先辈相比，难道产生了本质上的不同？

死是无法避免的，但我还是担心蓟教授过早谢世。这个世界上，仅有极少数人在探讨诸如宇宙墓碑这样的历史问题。他们默默无闻，而常常是毫无结果地工作着，这使我忧心忡忡。

我不止一次凝神于眼前的全息照片，它就是蓟教授提到的那座坟，它在天鹅座 α 星系中的位置是如此偏僻，以至于直到最近才被一艘偶然路过的货运飞船发现。墓碑学者普遍有一种看法，即这座坟在向我们暗示着什么，但没有一个人能够猜出。

我常常被这座坟奇特的形象打动，从各个方面，它都比其他墓碑更契合我的心境。一般而言，宇宙墓碑都群集着，形成浩大的坟场，似乎非此不足以与异星的荒凉抗衡。而此墓却孑然独处，这是以往的发现中绝无仅有的一例。它位于该星系中一颗极不起眼的小行星上，这给我一种经过精心选择的感觉。从墓址所在区域望去，实际上看不见星系中最大的几颗行星。每年这颗小行星都以近似彗星的椭圆轨道绕天鹅座 α 运转，当它走到遥遥无期的黑暗的远日点附近时，我似乎也感到了墓主寂寞厌世的心情。这一下便产生了一个突出的对比，即我们看到，一般的宇宙墓群都很注意选择雄伟风光的衬托，它们充分利用从地平线上跃起的行星光环，或以数倍高于珠穆朗玛峰的悬崖做背景。因此即便从死人身上，也能体会到宇宙初拓时人类的豪迈气概。此墓却一反常态。

这一点还可以从它的建筑风格上找到证据。当时的筑墓工艺讲究对称的美学，墓体造得结实、沉重、宏大，充满英雄主义的傲慢。水星上巨型的金字塔和火星上巍然的方碑，都是这种流行模式的突出代表。而在这一座孤寂的坟上，却找不到点滴这方面的影子。它造得矮小而卑琐，但极轻的悬挑式结构，却有意无意中使人觉得空间被分解后又重新组合起来。我甚至觉得连时间都在墓穴中自由流动。这显然很出格。整座墓碑完全就地取材，由该小行星上富含的电闪石构成。而当时流行的是从地球本土运来特种复合材料，这样做十分浪费，但人们更关心浪漫。

另一点引起猜测的是墓主的身份。该墓除了镌有营造年代外，并无多余着墨。常规做法是，必定要刻上死者姓名、身份、经历、死亡原因及悼亡词等。由此出现了各种各样的假说。是什么特殊原因，促使人们以这种不寻常的方式埋葬天鹅座 α 星系的死者？

由于墓主几乎可以断定为墓碑风俗结束的最后见证人，神秘性就更大了。在这点上，一切解释都无法自圆其说。因为似乎是这样的，即我们不得不对整个人类文化及其心态做出阐述。对于墓碑学者而言，现时的各种条件锁链般限制了他们。我倒是曾经计划过亲临天鹅座 α 星系，却没有人能够为我提供这笔经费。这毕竟不同于太阳系内旅行。而且不要忘了，世俗并不赞成我们。

后来我一直未能达成天鹅座 α 之旅，似乎是命里注定。生活在发生意想不到的变化，我个人也在不断改变。在我一百岁时，刚好是蓟教授去世七十周年的忌日。我忽然想到这件事，也就忆起了青年时代和教授展开的那些有关宇宙墓碑的辩论。当初的墓碑学泰斗们也跟先师一样，早就形骸坦荡了。追随者们纷纷弃而他往。我半辈子研究，略无建树，夜半醒来常常扪心自问：何必如此耽迷于旧尸？先师曾经预言，我一时为兴趣所驱，将来必自食其果，竟然言中。我何曾有过真正的历史责任感呢？由此才带来今日的困惑。人至百年，方有大梦初醒之感，但我意识到，知天命恐怕是万万不能了。

我年轻时的女朋友阿羽，已成了我的妻子，如今是一个成天唠叨不休的中年妇女。她这大概是在将一生不幸怪罪于我。自从那次我带她参观月球坟场后，她就受惊得了一种怪病。每年到我们登月的那个日子，她便精神恍惚，整日呓语，四肢瘫痪。即便现代医术，也无能为力。每当我查阅墓碑资料，她便在一旁神情黯然，烦躁不安。这时我便悄悄放下手中活计，步出户外。天空一片晴朗，犹如七十年前。我忽然意识到自己已有许多年没离开地球了。余下的日子，该是用来和阿羽好好厮守了吧？

我的儿子筑长年不回地球，他已在河外星系成了家，他本人是宇宙飞船的船长，驰骋众宇，忙得星尘满身。我猜测他一定莅临过有古坟场的星球，不知他作何感想？此事他从未当我面提起，而我也暗中打定主意，绝不首先对他言说。想当初父亲携我，因飞船事故偶处火星，才得以目睹墓群，不觉唏嘘。而今他老人家也已一百五十多岁了。

由生到死这平凡的历程，竟导致古人在宇宙各处修筑了那样宏伟的墓碑，这个谜就留给时空去解吧。

这样一想，我便不知不觉放弃了年轻时代的追求，过起了平静的日子。地球上的生活竟如此恬然，足以冲淡任何人的激情，这我以前并未留意过。人们都在宇宙各处忙碌，很少有机会回来看一看这个曾经养育他们而现在变得老气横秋的行星，而守旧的地球人也不大关心宇宙深处惊天动地的变化。

那年筑从天鹅座 α 回来时，我都没意识到这个星球的名字有什么特别之处。筑因为河外星系引力的原因，长得奇怪的高大，是彻头彻尾的外星人，并且由于当地文化的熏染而沉默寡言。我们父子见面日少，从来没多的话说。有时我不得不这么去想，我和阿羽仅仅是筑存在于世所临时借助的一种形式。其实这种观点在现时宇宙中一点儿也不显得荒谬。

筑给我斟酒，两眼炯炯发光，今日却奇怪地话多。我只得和他应酬。

"心宁他还好？"心宁是孙子名。

"还好呢，他挺想爷爷的。"

"怎么不带他回来？"

"我也叫他来，可他受不了地球的气候。上次来了，回去后生了一身的疹子。"

"是吗？以后不要带他来了。"

我将一杯酒饮尽，发觉筑正窥视我的脸色。

"父亲，"他在椅子上不安地扭动，"我有件事想问您。"

"讲吧。"我疑惑地打量他。

"我是开飞船的，这么些年来，跑遍了大大小小的星系。跟您在地球上不同，我可是见多识广。但至今为止，尚有一事不明了，常萦绕心头，这次特向您请教。"

"可以。"

"我知道您年轻时专门研究过宇宙墓碑, 虽然您从没告诉我, 可我还是知道了。我想问您的就是, 宇宙墓碑使您着迷之处, 究竟何在? "

我站起身, 走到窗边, 不使脸朝向筑。我没想到筑要问的是这个问题。那东西, 也撞进了筑的心灵, 正像它曾使父亲和我的心灵蒙受巨大不安一样。难道旧时代人类真在此中藏匿了魔力, 后人将永远受其阴魂侵扰?

"父亲, 我只是想随便问问, 没有别的意思。"筑嗫嚅着, 像个小孩。

"对不起, 筑, 我不能回答这个问题。嗬, 为什么墓碑使我着迷? 我要是知道这个, 早就在你很小的时候就告诉你一切一切跟墓碑有关的事情了。可是, 你知道, 我没有这么做。那是个无底洞, 筑。"

我看见筑低下了头。他默然, 似乎深悔自己的贸然。为了使他不那么窘迫, 我压制住情绪, 回到桌边, 给他斟了一杯酒。然后我审视他的双目, 像任何一个做父亲的那样充满关怀地问道: "筑, 告诉我, 你到底看见什么? "

"墓碑。大大小小的墓碑。"

"你肯定会看见它们。可是你以前并没有想到要谈这个嘛。"

"我还看见了人群。他们蜂拥到各个星球的坟场去。"

"你说什么? "

"宇宙大概发疯了,人们都迷上了死人,仅在火星上,就停满成百上千艘飞船,都是奔墓碑去的。"

"此话当真?"

"所以我才要问您墓碑为何有此魅力。"

"他们要干什么?"

"他们要掘墓!"

"为什么?"

"人们说,坟墓中埋藏着古代的秘密。"

"什么秘密?"

"生死之谜!"

"不!这不可能是真的。古人筑墓,可能纯出于天真无知!"

"那我可不知道了。父亲,你们都这么说。您是搞墓碑的,您不会跟儿子卖关子吧?"

"你要干什么?要去掘墓吗?"

"我不知道。"

"疯子!他们沉睡一千年了。死人属于过去的时代。谁能预料后果?"

"可是我们属于现时代啊,父亲。我们要满足自己的需求。"

"这是河外星系的逻辑吗?我告诉你,坟墓里除了尸骨,什么也没有!"

筑的到来, 使我感到地球之外正酝酿着一场变动。在我的热情行将冷却时, 人们却以另外一种方式耽迷于我耽迷过的事物。筑所说的使我心神恍惚, 一时做不出判断。曾几何时, 我和阿羽在荒凉的月面行走, 拜谒无人光顾的陵寝, 其冷清寂寥, 一片穷荒, 至今在我们身心留下不可磨灭的痕迹。记得我对阿羽说过, 那儿曾是热闹之地。而今筑告诉我, 它又重将喧哗不堪。这种周期性的逆转, 是预先安排好的呢, 还是谁在冥冥中操纵? 继宇宙大开发时代和技术决定论时代后, 新时代到来的预兆已经出现于眼前了吗? 这使我充满激动和恐慌。

我仿佛又重回到几十年前。无垠的坟场历历在目, 笼罩在熟悉而亲切的氛围中。碑就是墓, 墓即为碑, 洋溢着永恒的宿命感。

接下来我思考筑话语中的内涵。我内心不得不承认他有合理之处。墓碑之谜即生死之谜, 所谓迷人之处, 也即在此吧, 不会是旧人魂魄摄人。墓碑学者的激情与无奈也全出于此。其实是没有人能淡忘墓碑的。我又恍惚看见了技术决定论者紧绷的面孔。

然而掘墓这种方式是很奇特的, 以往的墓碑学者怎么也不会考虑用此种手段。我的疑虑却在于, 如果古人真的将什么东西陪葬于墓中, 那么, 所有的墓碑学者就都失职了。而蓟教授连悔恨的机会也没有。

在筑离开家的当天, 阿羽又发病了。我手忙脚乱找医生。就在忙得不可开交的当儿，我居然莫名其妙走了神。我忽然想起筑说他是从天鹅座 α 来的。这个名字我太熟悉了。我仍然保存着几十年前在那儿发现的人类最晚一座坟墓的全息照片。

下 篇

——录自掘墓者在天鹅座 α 星系小行星墓葬中发现的手稿

我不希望这份手稿为后人所得，因为我实无哗众取宠之意。在我们这个时代，自传式的东西多如牛毛。一个历尽艰辛的船长大概会在临终前写下自己的生平，正像远古的帝王希望把自己的丰功伟绩标榜于后世。然而我却无心为此。我平凡的职业和经历都使我耻于吹嘘。我写下这些文字，是为了打发临死前的寂寞时光。并且，我一向喜欢写作。如果命运没有使我成为一名宇宙营墓者的话，我极可能去写科幻小说。

今天是我进入坟墓的第一天。我选择在这颗小行星上修筑我的归宿之屋，是因为这里清静，远离人世喧嚣和飞船航线。我花了一个星期独力营造此墓。采集材料很费时间，并且着实辛苦。我们原来很少就地取材——除了为那些特殊条件下的牺牲者。通常发生了这种情况，地球无力将预制件送来，或者预制件不适合当地环

297

境。这对于死者及其亲属来说都是一件残酷之事。但我一反传统,是自有打算。

我也没有像通常那样,在墓碑上镌上自己的履历。那样显得很荒唐,是不是？我一生一世为别人修了数不清的坟墓,我只为别人镌上他们的名字、身份和死因。

现在我就坐在这样一座坟里写我的过去。我在墓顶安了一个太阳能转换装置,用以照明和供暖。整个墓室刚好能容一人,非常舒适。我就这么不停地写下去,直到我不能够或不愿意再写。

我出生在地球。我的青年时代是在火星度过的。那时世界正被开发宇宙的热浪袭击,每一个人都被卷了进去。我也急不可耐丢下自己的爱好——文学,报考了火星宇宙航行专门学校。结果我被分在太空抢险专业。

我们所学的课程中,有一门便是筑墓工程学。它教导学员,如何妥善而体面地埋葬死去的太空人,以及此举的重大意义。

记得当时其他课程我都学得不是太好,唯有此课,常常得优。回想起来,这大概跟我小时候便喜欢亲手埋葬小动物有一些关系。我们用三分之一的时间学习理论,其余用于实践。先是在校园中搞大量设计和模型建造,尔后进行野外作业。记得我们通常在大峡谷附近修一些小墓,然后转移到平原地带造些较大的。临近毕业时我们进行了几次外星实习,一次飞向水星,一次去小行星带,两次去冥王星。

我们最后一次去冥王星时出了事。当时飞船携带了大量特种材料，准备在该行星严酷冰原条件下修一座大墓。飞船降落时遭到了流星撞击，死了两个人。我们以为活动要取消了，但老师却命令将演习改为实战。你今天要是去冥王星，还能在赤道附近看见一座半球形大墓，那里面长眠的便是我的两位同学。这是我第一次实际作业。由于心慌意乱，坟墓造得一塌糊涂，现在想来还内疚不已。

毕业后我被分配到星际救险组织，在第三处供职。去了后才知道第三处专管坟墓营造。

老实说，一开始我不愿干这个。我的理想是当一名飞船船长，要不就去某座太空城或行星站工作。我的许多同学分配得比我要好。后来经我手埋葬的几位同学，都已征服了好几个星系，中子星奖章得了一大排。在把他们送进坟墓时，人们都肃立致敬，独独不会注意到站在一边的造墓人。

我没想到在第三处一干就是一辈子。

写到这里，我停下来喘口气。我惊诧于自己对往事的清晰记忆。这使我略感踌躇，因为有些事是该忘记的。也罢，还是写下去再说。

我第一次被派去执行任务的地点是半人马座 α 星系。这是一个具有七颗行星的太阳系。我们飞船降落在第四颗上面。当地官员神色严肃而恭敬地迎接我们，说："终于把你们盼来了。"

一共死了三名太空人。他们是在没有防护的情况下遭到宇宙射线的辐射而丧生的。我当时稍稍舒了一口气, 因为我本来做好了跟断肢残臂打交道的思想准备。

这次第三处一共来了五个人。我们当下二话没说便问当地官员有什么要求。他们道:"由你们决定吧。你们是专家, 难道我们还会不信任吗? 但最好把三人合葬一处。"

那一次是我绘的设计草图。首次出行, 头儿便把这么重要的任务交给我, 无疑有培养我的意思。此时我才发现我们要干的是在半人马座 α 星系建起第一座墓碑。我开始回忆老师的教导和实习的程序。一座成功的墓碑不在于它外表的美观华丽, 更主要的在于它透出的精神内容。简单来说, 我们要搞出一座跟死者身份和时代气息相吻合的坟来。

最后的结果是设计成一个巨大的立方体, 坚如磐石。它象征航天员在宇宙中不可动摇的位置。其形状给人以时空静滞之感, 有永恒的态势。死亡现场是一处无垠的平原, 我们的墓碑矗立其间, 四周一无阻挡, 只有天空湖泊般垂落。万物线条明晰。墓碑唯一的缺憾是未能详尽表现出太空人的使命。但作为第一件独立作品, 它超越了我在校时的水平。我们实际上仅用两天便竣工了。材料都是地球上成批生产的预制构件, 只需把它们组合起来就成。

那天黎明时分, 我们排成一排, 静静站了好几分钟, 向那刚落成的大坟行注目礼。这是规矩。墓碑在这颗行星特有的蓝雾中新鲜透明，深沉持重。头儿微微摇头，这是赞叹的意思。我被惊呆了。我不曾想到死亡这么富有存在的个性，而这是经由我们几人之手产生的。坟茔将在悠悠天地间长存——我们的材料能保持数十亿年不变形。

这时死者还未入棺。我们静待更隆重的仪式的到来。在半人马座 α 星升上一臂高时，人们陆续来到了。他们裹着臃肿的服装，戴着沉重的头盔，淹没着自己的个性。这样的人群显示出的气氛是特殊的，肃穆中有一种骇人的味道。实际上来者并不多，人类在这颗行星上才建有数个中继站。死了三个人，这已了不得。

我已经记不太清楚当时的场面了。我不敢说究竟是当地负责人致悼词在先，还是我们表示谢意在前。我也模糊了现场不断播放的一支乐曲的旋律，只记得它怪异而富有异星的陌生感，努力表达出一种雄壮。后来则肯定有飞行器隆隆飞临头顶，盘旋良久，掷出铂花。行星的重力场微弱，铂花在天空中飘荡，经久不散，回肠荡气。这时大家拼命鼓掌。可是，是谁教给人们这一套仪式的呢？挨到最后，为什么要由我们万里迢迢来给死人筑一座大坟？

送死者入墓是由我们营墓者来进行的。除头儿外的四人都去抬棺。这时现场的喧闹才停下来。铂花和飞行器无影无踪了。在墓的西方，也就是现在朝着太阳系的一方，开了一个小门洞。我们把三具棺材逐次抬入，祝愿他们能够安息。然而就在这时，我觉得不对头了。但当时我一句话也没说。

返回地球的途中，我才问一位前辈："棺材怎么这么轻？好像学校实习用的道具一般。"

"嘘！"他转眼看看四周，"头儿没告诉你吗？那里面没人呢！"

"不是辐射致死吗？"

"这种事情你以后会见惯不惊的。说是辐射致死，可连一块人皮都没找到。骗骗 α 星而已。"

骗骗 α 星而已！这句话给我留下一生难忘的印象。我在职业生涯中目睹了无数的神秘失踪事件。我在半人马座 α 星的经历，比起我后来遇到的事情，竟是小巫见大巫。

我的辉煌设计不过是一座衣冠冢！可好玩之处在于无人知晓那神话般外表后面的中空内容。

在第三处待久了，我逐渐熟悉了各项业务。我们的服务范围遍及人类涉足的时空，你必须了解各大星系间的主要封闭式航线，这对于以最快速度抵达出事地点是很必要的。但实际上这种做法渐渐显得落后起来，因为航天员在太空中的活动越来越弥散。于是我们先是在各星设点，而后又开展跟船业务，即当预知某项宇航作业有较大危险时，第三处便派上筑墓船随行。这要求我们具备宇航家的技术。我们处里拥有好些一流船长，正式航天员因为甩不掉他们而颇为恼火，自认晦气。我们还必须掌握墓碑工业的各种最新流程，及其变通形式，根据各星的具体情况和客户的特殊要求采取专门做法，同时又不违背统一风格规定。最重要的是，作为一名营墓者，必须具备非凡的体力和精神素质。长途奔波、马不卸鞍地与死亡打交道，使我们成了超人。第三处的员工都在不知不觉中戒绝了作为人类应具备的普通情感。事实上，你只要在第三处多待一段时间，就会感到普遍存在的冷漠和阴晦，以及玩世不恭。全宇宙都以死为讳，只有我们可以随便拿它来开玩笑。

从到第三处的第一天起，我便开始思索这项职业的神圣意义。官方记载的第一座宇宙墓碑建在月球。这个想法来得非常自然。没有谁说得上是突发灵感要为那两男一女造一座坟。后来有人说不这样做便对不起静海风光，这完全是开玩笑。这里面没有灵感的火花。其实在地球上早就有专为太空死难者修建的纪念碑了。这种风俗从一开始进入浩繁群星，便与我们远古的传统有着天然渊源。宇宙大开发时代使人类再次抛弃了许多陈规陋习，唯有筑墓之风一阵热似一阵，很是耐人寻味。只是我们现在用先进技术代替了殷商时代的手掘肩扛，这样才诞生了使埃及金字塔相形见绌的奇迹。

第三处刚成立时有人怀疑这是否值得，但不久就证明它完全符合事态的发展。宇宙大开发一旦真正开始，便出现了大批的牺牲者，其数目之多，使官僚和科学家目瞪口呆。宇宙的复杂性远远超出人们论证的结果。然而开发却不能因此停下来。这时如何看待死亡就变得很现实了。我们在宇宙中的地位如何? 进化的目的何在? 人生的价值焉存? 人类的使命是否荒唐? 这些都是当时大众媒介高声喧哗的话题。不管口头争吵的结果如何, 第三处的地位却日益巩固起来。头几年里它很是赚了一些钱。更重要的是它得到了地球和几个重要行星政府的支持。待到神圣的方尖碑和金字塔形墓群率先在月球、火星和水星上大批出现时, 反对者才不再说话了。这些精心制造的坟茔能承受剧烈的流星雨的袭击。它们的结构稳重, 外观宏伟, 经年不衰。人们发现, 他们同胞飘移于星际间的尸骨重有了归宿。死亡成了一件值得骄傲的事情。墓碑或许代表了一种人定胜天的古老理念。第三处将宇宙墓碑风俗从最初的自发状态转化为自觉的功利行为, 乃是一大杰作。这样持续了一段时间, 直到人心甫定, 墓碑制度才表露出雍容大度的自然主义风采。

现在已经没有人怀疑第三处存在的意义了。那些身经百战的著名船长见了我们, 都谦恭得要命。墓葬风俗已然演化为一种宇宙哲学。它被神秘化, 那是后来的事。总之我们无法从己方打起念头, 说这荒唐。那样的话, 我们将面临全宇宙的自信心和价值观的崩溃。那些在黑洞白洞边胆战心惊出生入死的人们的唯一信仰, 全在于地球文化的坚强后盾。

如果有问题的话, 它仅仅出在我们内部。在第三处待的日子一长, 其内幕便日益昭然。有些事情仅仅是我们这个圈子里的人才知道的, 而从来没有流传到外面去。这一方面是清规教条的严格, 另一方面则出于我们心理上的障碍。每年处里都有职员自杀。现在我写下这些话时, 仍是心跳不止, 犹如以刀自戕。我曾悄悄就此问过一位同事。他说:"噤声! 他们都是好人, 有一天你也会有同感。"言毕鬼影般离去。我后来年岁渐长, 经手的尸骨多了, 死亡便不再是一个抽象的概念, 而成为一个具象在我眼前浮游。意志脆弱者是会被它唤走的。但我要申明, 我现在采取的方式在实质上却不同于那些自戕者。

有一段时间, 处里完全被怀疑主义气氛笼罩。记得当时有人提了这么一个问题, 即我们死后由谁来埋葬。此问明显受到了自杀者的启发, 而且里面实际包含着不止一个问题。我们面面相觑, 觉得不好回答, 或答之不详, 遂作悬案。此时发生了上级追查所谓"劝改报告"之事, 据说是处里有人向行星联合政府打了报告, 对现行一套做法提出异议。其中一点我印象很深, 即有关墓碑材料的问题。通常无论埋葬地点远近, 材料都毫无例外从地球运来, 这关系到对死者的感情和尊重。更重要的, 它是一种传统, 风俗就该按风俗办理。这一点在《救险手册》里规定得一清二楚。因此谁也不能忍受该报告的说法, 即把我们迄今做的一切斥为浪费精力和犬儒主义。报告还不厌其烦论证了关于行星就地取材的可行性和技术细节。其结果大家都知道了。打报告者被取消了离开地球本土的资格。我们私下认为这份报告充满反叛色彩，而且指出了我们从不曾想到的一个方面。我们惊诧于其用语，震慑于其大胆，到后来竟有人暗中试行了其主张。某次有船载运墓料去仙女座一带，途中燃料漏逸。按照规定，只能返航。但船长妄为，竟抛掉墓料，以剩余的燃料驱动空船飞往目的地，用当地的岩浆岩造了一座坟，干出骇世之举。此坟后来被毁掉重建，当事者亦受处分。这是后话。

要花上一些篇幅将我的感受说清楚是困难的。我还是继续讲我们的工作中的故事吧。我仍旧挑选那些我认为最平凡的事来讲，因为它们最能生动地体现我们事业的特点。

有次我们接到一个指令，与以往不同的是，它没有交代具体的星球和任务，只是让筑墓飞船全副武装到火星与木星之间某处待命。我们飞到那里后，发现搜索处和救险处的船只已经忙碌开来。我们问："喂，你们行吗？不行的话，交给我们吧。"但是没有回话。对方船上似乎有一层焦灼气氛。末了我们才知道有一艘船在小行星带失踪了，它便是大名鼎鼎的"哥伦布号"，人类当时最先进的飞船型号之一。不用说其船长也就是哥伦布那样的人物了，船上搭乘着五大行星的首脑。

我们在太空中待了三天，搜索队才把飞船的碎片找回一舱。这下我们有事干了。虽然要从这些碎片中找出人体的部分是一件很烦且琐碎的活儿,大伙仍然干得十分出色。最后终于拼出了三具尸身。"哥伦布号"号上共有八名船员。出事的原因基本可以判明为一颗八百磅①的流星横贯船体,引发爆炸。在地球家门口出事,这很遗憾。

"他们太大意了。"航天局局长在揭墓典礼上这么总结。第三处的人听了哭笑不得。人们在地球上都好好的,一到太空中便小孩般粗心忘事,为此还专门成立了第三处来照顾他们。这种话偏偏从局长口中说出来!然而我们最后没敢笑。那三具拼出来的尸体此刻虽已进入地穴,但又分明血淋淋透过厚墙,无声呈现,他们神色冷峻,双目睁开,似不敢相信那最后一刻的降临。

有一种东西,我们也说不出是什么,它使人永远不能开怀。营墓者懂得这一点,所以总是小心行事。天下的墓已经修得太多,愿宇宙保佑它们平安无事。

那段时间里,我们反常地就只修了这么一座墓。

在一般人的眼中,墓的存在使星球的景观改变了。后者杀死了航天员,但最后毕竟做出了让步。

写到这里,我看了看我握笔的手,亦即造墓之手。我这双老手,青筋暴起,枯干如柴,真想象不到那么多鬼宅竟由它所创。这是一双神手,以至于我常常认为它们已摆脱了我的思想控制,而直接禀

---

① 1磅约为 0.4536 千克。

领天意。

所有营墓者都有这样一双手。我始终认为，在任何一项营墓活动中，起根本作用的，既非各种机械，也非人的大脑。十指具有直接与宇宙相通的灵性，在大多数场合，我们更相信它们的魔力。相对而言，思想则是不羁的，带有偏见和怀疑色彩的，因而对于构造宇宙墓碑来说，是危险的。

在营墓者身上，我们常常可见一种根深蒂固的矛盾。那些自杀者都悲观地看到了陵墓自欺欺人的一面，但同时最为精美的坟茔又分明出自其手，足以与宇宙中任何自然奇观媲美。我坚信这种矛盾仅仅存在于营墓者心灵中，而世人大都只被墓碑的不朽外观吸引。我们时感尴尬，他们则步向极端。

接下来我想说说女人的事情。

小时候，在地球上看见同我一般大的小姑娘一无所知地玩耍，我便有一种填空感。我相信此时此刻天下有一个女孩一定是为我准备的，将来要补充我的生命。这已注定，就是说哪怕安排这事的人也改变不了。稍微长大后，我便迷上了那些天使般飞来飞去的女太空人。她们脸上、身上、胳膊上、腿儿上洋溢着一层说不清是从织女星还是仙女座带来的英气，可爱透顶，让人销魂。那时我也注意到她们的死亡率并不比男航天员低，这愈发使我心里滚滚发烫。

我偷偷在梦中和这些女英杰幽会。此时火星航天学校尚未对我打开大门。这就决定了我命运的结局。当晚些时候我被告知航天圈中有那么一条禁忌时，我几乎昏了过去。太空人和太空人之间只能存在同事关系，非此不能集中精力应对宇宙中的复杂情况。大开发初期的这种论证，竟被当局小心翼翼地默认了。此事有一段时间里在普通航天员心中疙疙瘩瘩起来，但并没经过多长时间，飞船上的男人都认为找一个宇宙小姐必将倒霉。于是这禁忌便固定了下来。你要试着触犯它吗？那么你就会"臭"起来，伙伴们会斜眼看你，你会莫名其妙找不到活儿干，从一名大副降为司舱，再沦为掌舱，最后贬到地球管理飞船废品站之类。我以为航天学校最终会为我实现儿时愿望提供机会，结果却恰恰相反。可是那时我已身不由己了。宇宙就是这么回事，不让你选择。

我以营墓者身份闯荡几年星空后，才慢慢对圈子中这种风俗有所理解。有关女人惹祸的说法流行甚广，神秘感几乎遍生于每个航天员心灵。我所见到的人，几乎都能举出几件实例来印证上述结论。

此后我便注意观察那些女飞人，看她们有何特异之象。然而她们于我眼中，仍旧如没有暗云阻挡的星空一样明艳，怎么也看不出大祸来袭的苗头。她们的飞行事实使我相信，在应付某些事变时，女人确比男人更加自如。

有一年，记得是太阳黑子年，我们一次埋葬了十名女太空人。她们死于星震。当时她们刚到达目的地，准备进入一家刚竣工的太空医疗中心工作。幸存者是她们的朋友和同事，也多为女性。我们按要求在墓碑上镌上死者生前喜爱的东西：植物或小动物、手工艺品、首饰。纪念仪式开始时，我听身边一个声音说："她们本不该来这儿。"

我侧目见是一位着紧身航天服的小巧少女。

"她们不该这么早就让我们来料理，连具完尸也没有。"我怜悯地说。

"我是说我们本不该到宇宙中来。"她声音沉着，使我心中一抽。

"你也认为女人不该到宇宙中来？"

"我们太弱。那是你们男人的世界。"

"我倒不这么看。"我满怀感情地说，不觉又打量她一眼。我以前还没真正跟一个女太空人说过话呢。这时在场的男人女人都转过头来瞧着我俩。

这就是我认识阿羽的经过。写到这里我停下笔，闭上眼，无限甜美而又倍感辛酸地咂味了好几分钟。

认识阿羽后，我就意识到自己要犯规了。童年时代的冲动再度涨满心中。我仍然相信命中注定有个女孩已等了我好久，她是个天生丽质的女太空人。

阿羽的职业是护士。即便在这个时代，我们仍需要那些传统的职业。不同的是，今天的白衣天使正乘坐飞船，穿梭星际，潇洒不俗而又危险万端。

当我坐在坟茔中写这些字时，我才注意到自己竟一直忽略了一个事实，即我和阿羽职业上的矛盾性。总是我把她拯救过来的人重又埋入陵墓。她活着时我不曾去想这个，她死了我也就不用想它了。可为什么直到此时才意识到呢？我觉得应该把我俩的结识赋予一个词："坟缘"。我要感谢或怪罪的都是那十具女尸。

在那天的回程途中我心神不定，以至于同伴们大声谈论的一则新闻也没有注意。他们大概在讲处里几天前失踪的一名职员，现在在某太空城里找到了尸体。他在那里逛窑子，莫名其妙被一块太阳能收集器上剥落的硅片打死。我觉得这事毫无意思，只是一个劲回想那坟地边伫立的宇航服少女和她的不凡谈吐。这时舷窗外一颗卫星的阴影正飘过行星明亮的球面，我不觉一震。

我和阿羽偷偷摸摸书信来往了两个月，而实际见面只有三次。其间发生的几件事有必要录下，它们一直困惑着我的后半生，并促使我最终走进坟墓。

首先是我病了。我得的是一种怪病，发作时精神恍惚，四肢瘫痪，整日呓语，而检查起来又全身器官正常，无法治疗。我不能出勤。往往这时就收到阿羽发来的信件，言她正被派往某个空间出诊。等她报告平安回到医疗中心站时，我的病便忽然好起来。

我不能不认为这是天降之疾，但它又似乎与阿羽有某种关系。

但愿这是巧合。

跟着发生了第三处设立以来的大惨案。我们的飞行组奉命前往第七十星区, 途中刚巧要经过阿羽所在的星球。我便撺掇船长在那颗星球做中途泊系, 添加燃料。他一口答应。领航员在计算机中输入目的地代码。整个飞行是极普通的。但麻烦不久便发生了。我们分明已飞入阿羽所在星区, 却找不到那颗星球。无线电联络始终清晰无比, 表明导引台工作正常, 那星球就在附近。可是尽管按照指引的方向飞, 飞船仍像陷在一个时空的圆周里。

我从来没有见过船长如此可怕的脸色。他大声叫喊, 驱使众人去检查这个仪器, 调整那个设备。可是正像我的怪病一样, 一切无法解释和修正。终于人们停下不动了。船长吊着一双眼睛逼视大家, 说:"谁带女人上船了?"

我们于是迟疑地退回自己的舱位, 等待死亡。良久, 我听见外面的吵嚷声停止了, 飞船仿佛也飞行平稳了。我打开舱门四顾, 难以置信地发现, 飞船正在地球上空绕圈子, 而船上除我一人外, 其余七人都成了僵尸。我至今已记不住各位同伴的死态, 唯记得他们的手, 还一双双柴荆般向上举着。

此事引起了处里巨大震动。调查半年, 最后不了了之。在此后一段时间里, 我耳边老回响着船长绝望的叫声。我不认为他真的相信船上匿有女子。航天者都爱这么咒骂。然而我却不敢面对如下事实：为什么全船的人都死了，唯有我还活着？事件为什么恰好发生在临近阿羽工作的星球的那一刻？又是什么力量遣送无人控制的飞船准确无误回到地球上空的呢？

女人禁忌的说法复在我心中萌动起来。但另一个声音却企图拼命否定它。

不久后，我见到了阿羽。她好生生的，看到我后，惊喜异常。我一见面便想告诉她，我差点儿做了死鬼，但不知为什么，忍住了没说。我深深爱着她，不在乎一切。我坚信如果真有某种存在在起作用的话，我和阿羽的生命力也是可以扭转其力矩的。

我不是活下来了吗？

前面已经说过，我和阿羽相识只有两个月。两个月后她就死了。她要我带她去看宇宙墓碑，并要看我最得意的杰作。这女孩心比天高，不怕鬼神。我开始很犯愁，但拗不过她。她死得很简单。我让她参观的墓并不是最好的，但仍有一些东西很特别。我们爬上三百米高的墓顶，顶上有一个直径数米的孔洞通达底部。我兴致勃勃指给她看："你沿着这儿往下瞄，便会——"她一低头，失了重心，便从孔中摔了下去。

后来我才知道她有晕眩症。

一丝星光正在远处狡黠地笑着。一艘飞船正从附近掠过，飞得十分小心翼翼。此后一切静得怕人。

　　我让一个要好的同事帮我埋了阿羽。为什么我不自己动手? 我当时是如此害怕死。同事悄悄问我她是什么人。

　　"一个地球人, 上次休假时结识的。"我撒谎说。

　　"按照规定, 地球人不应葬在星际, 也不允许修造纪念性墓碑。"

　　"所以要请你帮忙了。墓可以造小一点儿。这女孩, 她直到死都想当太空人, 也够可怜的。"

　　同事去了又回。他告诉我, 阿羽葬在鲸鱼座 β 附近, 并且他自作主张镌上了她的航天员身份。

　　"太感谢了。这下她可以安心睡去了。"

　　"幸亏她不是真正的太空人, 否则, 大概是为你修墓了。"

　　很久我都不敢到那片星区去, 更谈不上拜谒阿羽的坟茔。后来年岁渐长, 自以为参透了机缘, 才想到去看望死去多年的女友。我的飞船降落在同事所说的星上, 逡巡半日, 心中不安。我待了一阵, 重跳上飞船, 返回地球。随后我拉上那位同事一起来到鲸鱼座 β。

　　"你不是说, 就在这里吗?"

　　"是呀, 一起还有许多墓呢!"

　　"你看!"

　　这是一个完全荒芜的星球, 没有一丝人工的孑遗。阿羽的墓, 连同其他人的墓, 都毫无踪迹。

　　"奇怪。"同事说, "肯定是在这里。"

"我相信你。我们都已搞了几十年墓葬,这事蹊跷。"

黑洞洞的宇宙却从背景上凸现出来,星星神气活现地不避我们的眼光,眨巴眨巴挑逗。我和同事忽然忘了脚下的星球,对那星空出起神来。

"那才是一座真正的大墓呢!"我指指点点说,全身寒意遍起,双腿也成了立正姿势。

那时我就想到,我在第三处可能待不长了。

第三处的解散事先毫无迹象,就像它的出现一样神秘。在它消失之前宇宙中发生了多起奇异事件。大片大片的墓群凭空隐遁了,仿佛蒸发在时空中。这是不可思议的事情,真相一直被掩饰,不让世人知晓,但营墓者却惶惶不可终日。那些材料不是几十亿年也不变其形的吗?仍然有一部分墓遗下,它们主要分布在太阳系或靠近太阳系的星区。这些地方,人类的气息最为浓郁。第三处后来又在远离人类文明中心的地方修了一些墓,然而它们也都很快失踪了,不留任何痕迹。星球拒绝了它们,还是接收了它们呢?

似乎是偶然间触动了某个敏感部位,宇宙醒了。偏激的人甚至认为它本来就是醒着的,只不过早先没有插手。

那些时候我仍周期性发病,神志不清中往往会见到阿羽。

"我害了你。"我喃喃道。

她沉默。

"早知道我们跟它这么合不来,就不去犯忌了。"

她仍沉默。

"这原来是真的。"

她沉默再三,转身离去。

这时我便感到有个强烈的暗示,修一座新墓的暗示。

于是就有了现在的情形。天鹅座 α 星是一个遥远的世界,比那些神秘消失的墓群所在的星球还要遥远。我是有意为之。我筑了一座格调迥异的墓,可以说很恶心,看不出任何伟大意义。在第三处你要是修这样一座墓,无疑是对死者的亵渎。我觉得我已知道了宇宙的那个意思。这个好心的老宇宙,它其实要让我们跟它妥帖地走在一起、睡在一起,天真的人、自卑的人哪里肯相信!

这我懂得。但我的矛盾在于我虽然反叛了传统,却归根结底仍选择了墓葬。我还有一点点虚荣心在作怪。

写到这里,我就觉得再往下写没什么意思了。

我要做的便是静静躺着,让无边的黑暗来收留我,去和阿羽相会。

发表于《幻象》1991年创刊号

获世界华人科幻艺术奖

宇宙的本性

杳静的夜晚，钻石般的星星嵌满天空。与往日相较，一切没有什么不同。但突然间，笼罩天地的黑暗嚓地一下被点亮了。

那是一片浩阔炫目之光，跟盛大节日燃放礼花一样。转瞬之间，受了传染似的，三百六十度范围内，俱明焰熠熠，无法用肉眼直视，就仿佛整个世界，一眨眼变成了一颗超新星。大量电脉冲涌来，几乎导致我的光敏元件失灵。哦，那是无数的宇宙飞船在发射，一艘接一艘，千千万万，直冲太空。火箭尾喷口溢流而出的光焰，就像宙斯手中的火炬。洪流般的霹雳声似要把世界撕碎。从赤道到两极，从东方到西方，从高山到河流，从大陆到海洋，只要是有人类居住的地方，都呈现出这番景象。我利用分布在全球各地的遥感器，忙着把这场面记录下来。我被极度的震撼攫住。瞬间，这场面甚至显得有些可怖。

大发射持续了三天三夜，才逐渐平息。太阳小心翼翼地从山后升起来，一切寂然了。上班的人流没有了，喧哗的大街静谧了，摩天大楼里空空荡荡，奔腾不止的车辆停下脚步，地铁的隆隆声消失了，天空中的飞机无影无踪……只剩下鸟儿啼鸣和风声簌簌。这都在我意料之中，却令我情不自禁感到凄楚。

一年后，一艘飞船降落在了空无人烟的地球上，最初，我以为是离去的人类回来了。但这是不可能的。因此，这必然是其他世界的访客。舱门打开，果然，走出一个长得像一棵死胡杨树的生物。来者单独一人，仿佛是孤寂落寞的长途旅行者。来到了地球，却没有见到一个智慧生命，他显得失望。但好在，他发现还有一台超级智能计算机在工作——这就是我。于是，我成了外星人的接待员。

外星人自我介绍，他是到宇宙中来寻找生命的，根据他们的理论，宇宙中的生命无处不在，只要条件适宜，就能产生。他在经历久久的漫游后，发现地球是一个绿洲，且有智能迹象。没料到的是，他降落后，却没有发现高等生命——也就是造出了我的人类。

他问："你的主人呢？灭绝了吗？""没有灭绝。但你来得真不是时候哇——他们一年前离开地球了。""是逃避世界末日吗？你们的星球要被小行星撞毁了吗？你们的太阳就要熄灭了吗？""哦，都不是。他们只是出门旅行去了。""集体旅行吗？""是的，所有的地球人，足足七十亿，都出去了。一个不剩。""是这样啊。"外星人困惑地摇摇头。我说："你不知道吧，这是地球上的一种制度。每隔五百年，人类集体到宇宙中旅行一次，这样就把地球腾空了。五百年后，人类再回来。然后再在地球上待百年，又出去一次。""我明白了——把星球间歇性地撂荒。宇宙中，有不少文明都在这样做，目的是保护母星的生态环境。你们的星球一定太拥挤了。七十亿人居住在这儿，光是身体释放的氡气，就足以污染大气。资源和能源也都不够用吧。让星球减减压，喘口气，是正确的策略。据我所知，很多文明到最后，都采取了这种办法。你的主人果然是一种充满智慧的生物啊。"外星人赞许地不住点头。"不，不是你想的这样，你误会了，"我急忙解释，"是人类对自己厌倦了。一段时间以来，我的主人总是感到厌倦。连我也是他们厌倦之余的产物，我只是一个高级玩具而已。他们是为了逃避厌倦而离开的。再在这儿待下去，他们会因为厌倦而自杀。只有离开地球，才能找到点儿刺激，从而勉强活下去。"

外星人听了，难堪地沉默了一小会儿。他大概没有想到地球人是这样的，而且这个文明看上去似乎出了问题。他毕竟是外星人，见过世面，镇定一下，又问："你们像这样，已经搞了多久了？""自打这种制度建立以来，已经过去三万年了。""不管出于什么目的，七十亿个智慧生命，在宇宙中集体旅行，场面太壮观了。真想亲自看一看啊。"他感叹，"那么，这次是去了哪儿呢？""留在我存储器中的线路图显示，应该是鲸鱼座方向吧。但根据我的经验，人类的旅行轨迹通常是迷乱的。他们每次出去，往往只是大致设置一个目的地，但走不到一半，就有变化了。他们经常自己都不知道要到哪里去。人类天性如此。""那么，如何才能找到他们呢？我多想见见你的主人哪。这个文明不同寻常。""为什么要急于见到他们呢？他们五百年后还要回来的，五百年在宇宙中只是一瞬……我的存储器中记录了关于地球文明的所有信息。他们回来后，根据这些记录，就能复原世界。高楼重新建起，工厂重新轰鸣，车船重新行驶，战争重新开启……但那多半又不是复原——他们将根据在太空旅行途中的所见所闻，再造一个新世界。如今的人类就是按照这种方式来实现进化的。""哦，明白了……不过，这次，我一定要马上找到他们。"外星人的语调听上去有些着急，使我感到不安。"有什么事发生了吗？""我其实是来向人类通报一个消息的。"他一本正经地说。"什么消息这么要紧？或许，你可以先告诉我，我现在是人类的全权代表。"他犹豫一会儿才说："好吧，先告诉你。是这样的，宇宙是由监护者来看守的。你知道监护者吗？他是自然秩序的维持者，也就相当于上帝。说来很有意思，跟人类一样，监护者每间隔三百亿年，就要出去旅行一次，从而让宇宙在无管理的状态下运行。现在，正到了这个节骨眼儿上。""这么说来，监护者也对自己感到厌倦了吗？"我心里感到有些好笑。但我还是第一次听说宇宙中有监护者的存在，又手足无措起来，感到不祥。"我不知道。"外星人冷冷地说。"那么，他旅行去了，宇宙又会怎样呢？""你应该想象得到——宇宙将完全撂荒。""那会发生什么呢？""一切将变得混乱无序，熵会迅速达到最大值。""哦……""我是监护者的使者，我被委托来暂时安顿宇宙中的生命。我要找到宇宙中的一切生命，然后用一种超级技术——类似于冬眠，把生命匿藏在一个平行世界里，等到监护者归来，再进行复苏，让宇宙重新开始。这项工作，我已经做了许久了。今天，轮到了你们的星球。"

我感到一股阴森袭来，便冷笑了。"三百亿年？难道你不会厌倦吗？"我怅然问。外星人的表情中透露出一丝尴尬。但他很快掩饰了。我于是明白，宇宙的本性就是厌倦——但我没有当面向来客说出。这种事情，本没有什么好说的。而厌倦与恐惧，是孪生兄弟。但对什么感到恐惧呢？

"怎样才能找到人类呢？"他问。"唉，说实话吧，找不到了。""你什么意思？"我才把真相告诉他："每隔五百年，人类集体自杀一次——他们称之为旅行。他们蹈海了——宇宙之海。然后，过了五百年，再由我根据存储器中的记忆单元，重组他们的基因，让进化再开始，并以加速度完成，把人类复制出来，让他们重新主宰地球。每个周期是五百年。新人类不会记得以前的事情，他们就有精神活下去啦，在这个世界上使劲折腾，直到五百年后再度厌倦。但目前这一次，连我也感到厌倦了。没有请示人类，我就自作主张删除了所有的相关程序。人类不会再回来了。"

外星人听了, 显得有些沮丧……不, 是如释重负, 好像这正是他希望的结局。

发表于《科幻世界》2013年第4期